Sereia de Mármore e Névoa
Matheus Picanço Nunes

cacha
lote

Sereia de Mármore e Névoa
Matheus Picanço Nunes

ENCONTRO	9
AS COISAS QUE HAVIA PERDIDO	15
O ETERNO PÔR DO SOL	21
OLHO SOLITÁRIO	27
HOTEL VENEZUELA	33
METADE VAZIA	41
A OUTRA LÚCIA	47
LEGIÃO	53
A MULHER QUE VIVIA NO EDIFÍCIO SÃO PEDRO	63
O CARCARÁ MECÂNICO	67
MANADA	83
DE COMO AS ÁGUAS SE ALEVANTARAM	95
SEREIA DE MÁRMORE E NÉVOA	109

Hemos soñado el mundo. Lo hemos soñado resistente, misterioso, visible, ubicuo en el espacio y firme en el tiempo; pero hemos consentido en su arquitectura tenues y eternos intersticios de sinrazón para saber que es falso.

Jorge Luis Borges

ENCONTRO

Via-se que era um bairro antigo porque as casas eram daquelas baixinhas, com uma área pequena na frente, enfeitada com palmeiras murchas ou trepadeiras emendadas às grades das janelas. Às vezes pelos muros baixos saltavam ladrões, principalmente nas casas de senhoras relegadas à solidão de flores não regadas. Uma dessas era Rúbia, com seus olhos azuis embaçados e tristes, seus cabelos alaranjados cada vez mais finos, cada vez mais secos, cada vez mais rarefeitos sobre a cabeça branca. Todos a conheciam como se conhecem as criaturas que há muito vivem ao nosso redor e são notadas somente quando ausentes. Dona Rúbia compunha, não se sabia há quanto tempo, o cenário da rua Sólon Pinheiro, no centro da cidade, onde as casas antigas se mesclavam à mixórdia de lojas, aos cachorros caramelos, à buzina dos carros — insistentes buzinas.

Sabiam que todos os dias ela saía. Perfumava-se toda. De longe já se podia sentir o cheiro — Leite de Rosas — perdurando por baixo do mormaço. Lá vai a Rúbia, dizia Zilda, a vizinha, que dedicava todo o seu tempo a esgueirar-se na janela assistindo ao interminável vai e vem das coisas e ali sempre estava e sempre estaria mesmo quando ela já não estivesse. Lá vai a Rúbia, sabe Deus pra onde, que nessa idade a gente não tem muito o que fazer, então o jeito é inventar coisa.

E ia a Rúbia, toda vestida com aquele vestido vermelho, inadequado, pensavam os passantes, pra alguém da sua idade. Maquiagem demais — desviavam o olhar.

9

Andava mancando, não se sabia se por nascença ou se pelas alpargatas apertadas, a direita já ameaçando rasgar-se e fazer despontar um dedão de esmalte verde descascado. Levava na mão um bilhete amassado, amarelado pelo tempo, carcomido nas pontas. Como o papelote ainda estava inteiro era mistério, tão velho que um vento mais forte podia desfazê-lo pelos ares.

Ninguém entenderia o que estava escrito ali; as letras haviam borrado de tal forma, gastas por dedos engordurados e ansiosos, que só uma ou outra palavra ainda se entendia. Mas o recado era curto e Rúbia não precisava mais lê-lo: já o sabia de cabeça há muito tempo — quanto? — desde que havia comprado aquele livro no sebo do seu Geraldo; exemplar surrado de Rubem Fonseca. Na página 32, o bilhete perdido, sem assinatura alguma: *"se estiver se sentindo só, me encontre no Passeio Público... Ao lado do Baobá".*

As palavras não importaram, de início: nada havia de impressionante em encontrar nos livros usados os rastros de seus antigos donos. Eram comuns aqueles fragmentos de memória, os rumores de vidas entrecruzadas sobre as páginas surradas. Mas não pôde deixar de pensar na frase quando encostou a cabeça no travesseiro à noite; não conseguiu livrar-se da impressão de que eram palavras dirigidas a si, diretamente a si, que já há tanto sentia-se só, desprezada pelos que haviam sido expulsos de seu ventre e abandonada pelos que haviam desbravado sua carne.

Talvez por isso tenha decidido ir ao Passeio Público no dia seguinte. Fingiu despretensão: ia ao centro de qualquer modo, afinal, não ia? Mal não faria ir à praça, assistir ao tempo descosturar seu próprio novelo. Sentou-se ao lado do Baobá. Lembrou-se de que um dia alguém havia lhe dito que, se um morto fosse sepultado dentro de um Baobá, a alma seria conservada enquanto a árvore vivesse — ou havia lido em algum canto? Mas que terrível seria, não seria, a alma conservada assim tanto tempo? Toda a solidão, o silêncio monumental.

Esperou, assistindo aos pombos fazerem o que os pombos fazem, os urubus revoarem, as pessoas passarem sem olhá-la, as estátuas cochilarem sob o sol: uma Vênus com a mão arrancada e um Dioniso com o olho direito estraçalhado, encarando-a com o esquerdo intacto. Esperou: não soube o quê. Ao fim da tarde, voltou para casa.

Mas no outro dia estava ali mais uma vez, bem como no que se seguiu, e assim dia após dia até que já lhe conhecessem de vista: a velha Rúbia sentada no mesmo banco, a velha Rúbia cruzando a rua, levando na mão o bilhete amassado, deixando para trás o rastro da colônia misturado ao suor. A velha Rúbia talvez estivesse louca, pois a cada semana se arrumava mais; quem sabe fosse isso que estivesse faltando: mais batom; mais sombra; mais pó; mais perfume; mais decote; menos decote; mais cor; menos cor. A cada dia pensava: não volto mais; mas vinha a urgência: e se justamente no dia que não fosse o encontro estivesse destinado a acontecer? Mais uma vez se enchia de coragem, agarrava o papel, cruzava a rua, atravessava as lojas, os bichos, os quiosques, os olhares que ora a desprezavam e mais frequentemente a ignoravam, as prostitutas, os velhos e seus cigarros, o motel de toldo azul, o grito que anunciava a venda de água *só por um real, só por um real!*

Rúbia desatentava-se do calendário: os meses passavam rápido com a espera. As coisas quase não haviam mudado desde a primeira vez que havia decidido ir ao Passeio Público. Exceto um ou outro detalhe já não era o mesmo, e somente o olhar atento de quem por ali sempre estivesse poderia notar a trivialidade e o encanto daquelas mudanças: a tinta dos bancos retocada, as novas flores plantadas, a mão da Vênus consertada — mas não o olho de Dioniso, que a vigiava num silêncio de mármore, assistindo às antecipações do primeiro encontro, às fabulações de Rúbia: primeiro mostraria o bilhete, daria de ombros. E aí, depois, depois.... Sabe-se lá o que viria: uma amizade, um amor, os arroubos da paixão, imagine. Ou nada viria: depois de uma conversa, voltariam a levar suas vidas por nada terem a oferecer um ao outro.

Fosse como fosse, Rúbia inquietou-se: algum dia a espera acabaria, e o que faria depois? Lembrar-se da vida antes deixava-a melancólica; imaginar aquilo por mais tempo trazia-lhe infelicidade.

A inquietação, sob a luz de uma ideia, pouco durou: escreveu com sua letra trêmula, num papelote marcado de batom e cheirando a Leite de Rosas, aquelas palavras já cravadas no murcho de sua pele, as mesmas do bilhete que sempre carregava consigo. Sem assinatura. No dia seguinte, antes de ir ao seu usual destino, fez uma parada. Bom dia, seu Geraldo! Entrou no sebo, abriu o livro mais empoeirado que viu pela frente, exemplar de Jorge Amado, e na página 32 colocou o bilhete, olhando faceiramente para os lados. Bastava, agora, aguardar que o destino fosse traçado. Sentia que não iria demorar.

Numa daquelas manhãs, despertou assustada: o pressentimento súbito. Foi ao Passeio Público mais arrumada, mais embonecada, mais cheirosa do que nunca. E, pela primeira vez, não voltou para casa no fim do dia.

Perceberam-na só na manhã seguinte imóvel sobre o banco, um urubu esfomeado bicando-lhe o olho direito. Os cheiros da morte se espalhavam com o vento, consumindo o calor da tarde. No rosto, Rúbia levava um meio sorriso: o olho esquerdo, arregalado em alegria e arrebatamento, mantinha-se fixo na multidão que ia ao seu encontro.

AS COISAS QUE HAVIA PERDIDO

Sumiria a rua, o céu, a música; sumiria a multidão, o passo, o fôlego. Restava seguir adiante. Em algum momento nada haveria: sumiriam os passantes, as esquinas, as rodas de dança; sumiriam os edifícios, as nuvens, as cadelas prenhas. Via-os pela última vez. Viam-no pela última vez. E se parasse, fincando aquele chão debaixo dos pés? E se fechasse os olhos, impedindo que a correnteza – como chamá-la, senão disso? – avançasse? Sumiria ele mesmo, levado pela força, ou permaneceria firme feito rochedo na tempestade? E se negasse o caminho? E se fosse, ele mesmo, o caminho traçado?

Perguntassem-no a primeira coisa levada e não saberia dizer. Quem sabe a xícara, a garrafa, a boneca de pano amarelo que estava na casa antes mesmo dele e de Sebastiana chegarem ali, há tantos anos. Algo tão simples, tão insignificante, que não podia notar; algo sutil o suficiente para que se desse conta somente tarde demais, quando a maré já estivesse acima de seu peito e fosse difícil retornar à margem. Depois da primeira coisa foram-se outras: um livro, um tênis, um lençol, um perfume. Aquele perfume. Talvez aí já estranhasse, no marasmo daqueles dias, dias de silêncio, em que as horas se empoeiravam e as ausências ameaçavam engolir-lhe, talvez aí tenha começado a perceber as coisas que havia perdido.

Mas era certo que o estopim havia sido o cordão.

Sebastiana dera-lhe antes de morrer um cordão com uma pedra de azeviche que não brilhava sob raio de luz alguma, pesada e austera como seus olhos. Herança de família. Era mulher de superstições, sempre havia sido, principalmente em seus últimos dias, quando, cismada, parecia prever a presença sombria que os circundava. Lembrava ainda o beijo que dera nos lábios murchos, o gosto de morte, menos amargo do que se pensa. Antes do suspiro derradeiro, disse-lhe: cuide do cordão, proteja-o como ele vai te proteger, lembre de mim quando tocá--lo. Partiu, pequena sobre a cama que testemunhara por tanto tempo os corpos dos dois, desde a efusiva paixão da juventude até a paz morosa da velhice.

Ele dormia agarrado ao objeto nos dias após a partida como se fosse a mulher quem estivesse em seus braços. Não chorava: Sebastiana não gostaria que ele chorasse, não por temer vê-lo sofrer, mas por desejar uma travessia tranquila, sem perturbações terrenas à sua alma. Não quero virar alma penada, homem! Assim ele vagava dia após dia entre os cômodos vazios, polindo silêncios, assistindo às plantas murcharem – eram tantas, como Sebastiana as amava! –, o mofo infiltrar-se no gesso. Algum dia o mofo o tomaria também; assim desejava: temia que sua hora demorasse a chegar.

Os filhos ligavam, perguntavam-no como andava. O senhor é forte, era o que diziam. Por isso não precisavam estar ali, e como ele detestaria isso, de qualquer forma: ser aquele que precisa de cuidados, pois era forte, de fato, mesmo que desejasse não ser. Melhor seria minguar rápido. Deixava-se então estar horas sentado na varanda, encarando aquele céu ostensivo, assistindo como a manhã passava a ser tarde, a tarde boca da noite, a boca ventre da noite. Quando cansava-se, voltava ao antigo leito conjugal onde adormecia entre os cheiros da falecida, os lençóis que não haviam sido lavados desde então. Nunca sonhava com ela.

Assim seguiriam seus dias se não fosse aquela manhã em que havia acordado num susto: esquecera de voltar ao quarto. Ergueu-se de supetão, as pernas urinadas. Quis correr, gritar, mas voltou a si a tempo. Não foi de imediato que notou o sumiço do cordão: antes havia ido lavar-se, regar as plantas do quintal – decidiu, afinal, regá-las –, deitar-se por alguns instantes na cama, orando com um terço entre os dedos, até por fim perceber o vazio, a coisa desarmoniosa perdurando. Sensação incerta. Vendo que não estava em seu pescoço, procurou o objeto pelo resto do dia, em desespero crescente e silencioso. Não era possível que não estivesse ali. Percorreu cada cômodo, olhou embaixo de cada cama, cada móvel; mesmo entre as plantas, sob os pedregulhos, travesseiros, tapetes; dentro dos vasos na varanda, por trás das cortinas. Correram as horas, velozes como nunca mais haviam sido desde a morte da mulher. A noite chegou de súbito e a constatação também: não era possível que não estivesse ali, mas também era certo que por ali já não estava.

Foi o que bastou. No dia seguinte, sentiu falta da padroeira de gesso que ele e a esposa haviam comprado numa viagem ao norte, há alguns anos: já não estava onde sempre ficava, em cima da prateleira da cozinha. Se havia sumido naquele dia ou antes, não tinha certeza, mas era evidente que, assim como o cordão, tinha sido levada. Durante a procura silenciosa, quase se esqueceu da ausência da esposa, mas nunca do aviso: guarde o cordão, ele irá protegê-lo. Não era homem afeito a superstições, mas de repente via-se benzendo-se mais vezes do que costumava. Enquanto buscava o cordão, havia perdido a santa; enquanto buscava a santa, havia perdido um livro; enquanto buscava o livro, havia perdido um vaso; enquanto buscava o vaso, havia perdido uma fotografia, um relógio, antigas chaves, uma camisa, um bibelô. Perguntava-se: perdi-os antes e agora percebo ou somente agora foram levados? Via-se varando noites. Lembrava-se, de repente, de uma outra coisa que deveria estar ali e já não estava. Em seu peito, cresceu a semente de uma suspeita. Relutou antes de discar o número do telefone de Emanuel, o mais novo — e soube que tinha razão na relutância quando ouviu-o atender surpreso, perguntando se estava tudo bem, se precisava de alguma coisa, o que haveria de ter acontecido para que estivesse ligando. Tratou de explicar a situação sem alarde: estava sendo roubado. Alguém andava entrando em sua casa todo dia e levando algo, pouco a pouco. Listou cada uma das coisas perdidas. O filho, do outro lado da linha, demorou a responder. Não entendia por que alguém se daria ao trabalho de roubar *aquelas* coisas; não eram de grande valor. Não era possível que ele estivesse esquecendo-se de onde as havia guardado? A casa era grande; facílimo que por ali as coisas se perdessem.

Escutou Emanuel em silêncio; pensou em muitas coisas, mas apenas assentiu sem ânimo. De qualquer forma, papai, venha para cá se não estiver se sentindo seguro — e desligou o telefone. Tentou permanecer acordado naquelas semanas, observando cada sombra dos galhos, cada sopro do vento, mas quando menos esperava via-se cochilando. Acordava frustrado. Era exatamente nesse intervalo que algo sumia. Às vezes, despertando, sentia ainda o resquício da presença que havia estado ali momentos antes. Checava portas e janelas: trancadas. Ao rezar, imaginava Sebastiana olhando-o, lá do outro lado, vigiando-o, o olhar longo. Sabia o que ela diria para fazer: já não poderia continuar ali, era evidente.

Colocou algumas poucas peças de roupa dentro da bolsa e saiu apressado. Crescia a urgência de estar longe, pois cada vez mais forte era a presença oculta, a coisa que espreitava fantasmagórica. Seguiu, traçando o caminho da casa do filho. Faria-o entender: era necessário que algo fosse feito. Caminhou entre aquelas ruas já tão marcadas pela sola de seu pé. Assistia aos passantes que cruzavam seu caminho, apressados, irritadiços com a lentidão de seu passo. Passou por uma cadela prenha que o olhou com indiferença bovina; atravessou uma roda de dança na praça central — ao fim do número, os dançarinos estenderam seus chapéus para coletar moedas. Deixou alguns centavos. Poucas ruas até a parada de ônibus; poucos minutos até chegar à casa de Emanuel. Não havia demorado, contudo, para perceber que, quanto mais caminhava, mais parecia estar longe; mais parecia alongar-se o caminho, estreitar-se. Ao olhar para trás, a suspeita confirmou-se: a rua que conhecia havia sido levada.

Decidiu retornar, como se para ter certeza: não encontrou a cadela prenha; no lugar da roda de dança, somente um grupo de passantes em seu vai e vem. Mais voltava, mais o rumo se perdia. Sentou-se num banco da praça — outra praça, não a que conhecia; a praça que havia restado no lugar da que fora levada. Esperaria. Ali, parado, quem sabe não se tornasse uma das coisas perdidas; quem sabe a presença, a força, a maré, não o alcançassem. Fechou os olhos como se para impedir. Ao abri-los, percebeu que havia cochilado por alguns minutos. Levantou-se ao perceber as pernas urinadas.

Está tudo bem, senhor? Perguntou uma moça que por ali passava, ao percebê-lo parado. Seria Sebastiana, com aqueles olhos escuros, densos feito ferro? Como é o seu nome, senhor? Sebastiana agarrou-lhe a mão, guardou-a entre as suas, como se guardasse um passarinho machucado. Não pôde conter as lágrimas, o choro soluçado irrompeu em sua garganta. Como é o seu nome, senhor? Agora Sebastiana o abraçava, e ao redor os outros olhavam, se aproximavam, num misto de susto e curiosidade. Quis dizer muitas coisas: sobre como deveriam chegar a Emanuel antes que perdessem o resto do caminho; sobre como era preciso retornar à casa; mas tudo o que conseguiu fazer foi olhá-la; os soluços, o desespero, o medo de que fosse levada mais uma vez. Como é o seu nome, senhor? E aninhou-se mais naqueles braços, sem nada dizer, pois havia perdido o próprio nome.

O ETERNO PÔR DO SOL

Lívia não larga o livro e lá fora as crianças riem; riem porque Marcos tropeçou nos próprios pés ou coisa assim, pelo que Marcela conseguiu ouvir enquanto passava o café. Hoje, ela deixou eles saírem. É que já fazia um tempo: viu como andavam cabisbaixos, arrastando-se pela casa feito lesmas, cansados dos bonecos de plástico, cansados dos livros de Lívia — ela os obrigava a ler um por mês, no mínimo —, cansados dos silêncios súbitos, contagiosos. Antes de deixá-los sair, não soube quantas vezes repetiu para que não tirassem os elmos. Nem um pouquinho, mãe? Perguntou Sofia, a mais danada, ainda que já soubesse a resposta: nem um pouquinho.

Sobrava à Marcela a dureza, sempre. Lívia, ao contrário, baseava-se na suavidade das heroínas românticas dos livros que vivia lendo.

— Você hoje parece estar no mundo da lua. — Ela diz, agarrando Marcela pela cintura e pousando o queixo em seu ombro com mansidão de pássaro.

O cheiro de Lívia.

Marcela respira fundo antes de responder.

— Só preocupada.

— Com os monstrinhos?

— Com os monstrinhos.

— Pois eles não estão nada preocupados, tá ouvindo a gritaria? Faz tempo que não se divertem assim.

Ouve mais uma vez os risos, as vozes. Sim, faz tempo que não se divertem assim.

— Já terminou aí?

— Já.

— Então vamos?

Ela apaga o fogo, vai até o quarto, veste o capacete. Lívia segue atrás, empolgada, agarrando sua mão — ainda age desse jeito, como se o que vivessem fosse um amor recente, pulsante. Adolescente. Marcela se pergunta se isso é sincero ou mais uma de suas invenções; seja como for, acalenta-se com a ardência que lhe falta, ainda que exista o amor. O amor é um detalhe; às vezes o despreza.

Vão as duas com seus vestidos bufantes, coloridos. Marcela não pode evitar de pensar em ambas como deusas ao cruzarem a cerca de arames e despontarem na areia da praia, atravessando o pórtico dos céus, ou, mais adequado seria dizer, do submundo, com suas peles pretas e seus cabelos altos sob os elmos, feito coroas. *Mulheres do fim do mundo, nós somos, nós vamos, até o fim cantar...* cantarolava Lívia quase sempre, com uma gargalhada, lembrando aquela de Elza Soares.

Na beira da praia, as crianças gritam ao vê-las. Um escândalo: *Mãe! Mãe!* Correm, puxando-as com pressa infantil em direção ao mar. Marcela já está acostumada ao céu vermelho neon — *Céu de Sangue*, assim chamavam os fanáticos religiosos, quando ainda se levantava a hipótese da praga bíblica — mas não ao oceano que, refletindo a cor, torna-se turvo, barrento. Ela não pode evitar a lembrança do antigo azul, quase turquesa, convidativo. Mesmo as ondas não pareciam tão ameaçadoras quanto agora. Às crianças é que já quase não faz diferença. Sabem apenas que, há anos — quantos? — as mães levaram-nas até ali para passar as férias e nunca mais puderam voltar à capital; o mais seguro era que ficassem na casa de praia até que as coisas melhorassem. E as coisas melhoraram, mas não da maneira esperada.

As coisas se adequaram, dizia Lívia. Ela sempre tinha sido assim: onde estivesse com seus livros, com a esposa, com os filhos, se bastava. Marcela a invejava por isso: se Lívia se via como uma heroína romântica, ela mais era semelhante a uma das mulheres de Eurípides, perpetuamente atormentada por uma força maior. Vê como a esposa corre na frente e se junta a Sofia e Marcos na beira do mar; improvisa um pega-pega, entre risos; como faz as crianças gargalharem sem esforço algum. Jamais conseguiria a espontaneidade, a facilidade em manejar. Ao contrário, permanece fincada ao longe, um aceno frouxo, e, como se fosse o máximo que pudesse oferecer, alerta em voz alta: *cuidado com a água! Fiquem longe!*

Faz um tempo que não sai de casa, não por temer o mundo de fora — este já não lhe assusta — mas porque o silêncio a consome mais e mais a cada dia: sub-reptício, letal. Não pode ceder a ele, pois há Lívia, há Sofia e Marcos. Precisam de sua constância, de sua presença. Por isso continua parada na areia, com os olhos presos a eles e um sorriso congelado no rosto: é preciso amar o vento, ainda que seja *esse* vento; ver beleza no céu, ainda que seja *esse* céu; estar presente, mesmo que, assistindo-lhes dessa maneira, sinta-se como alguém que assiste a algo que já passou. Começa a caminhar. Procura conchas na areia; finge esquecer que há muito as ondas já não as trazem: o que arrastam são somente as carcaças solitárias dos peixes; as arraias que, jogadas na beira, puxam o ar insistentemente, ainda que suas peles se desfaçam.

Marcela se pergunta o que veem os bichos antes que o ar os sufoque; se, assim como os humanos, são invadidos pelas visões, aquelas visões que, no início de tudo, afirmavam não serem visões: o *Céu de Sangue* é capaz de realizar nossos desejos — era o que diziam os que, por um triz, tinham conseguido voltar para contar — mas eles duram somente um momento até que o corpo padeça; um instante de alívio completo e realização até que já não exista alívio algum. Lembrava-se de Átila, seu vizinho; a maneira como pouco antes do ar letal comprimir-lhe a garganta e rasgar-lhe a pele estendia os braços murmurando o nome do falecido esposo, como se ali o visse, carne e osso diante de si.

Marcela tropeça em uma daquelas garrafas de vidro soterradas pela metade: poderia ali dentro encontrar um bilhete, um recado de alguém que, assim como ela, Lívia e as crianças, havia sobrevivido? Um recado de alguém que desejava a solidão mesmo em um mundo completamente entregue a esta. E quanto mais caminha, mais as vozes se distanciam, mais os filhos e a esposa parecem fazer parte de uma lembrança que se perde: impressão, ela sabe, que será desfeita ao virar-se e se deparar com suas silhuetas alegres à beira do mar. Não se vira. Não devem ter visto que ela se distanciou. Assim que perceberem, virão correndo atrás, perguntarão por que foi até ali.

Não sei, diria. Não sei.

Há somente a casa delas por lá: o resto é o estirão de areia, as dunas que se erguem feito chamas refletindo o vermelho neon, que somente à noite se transforma num vermelho mais suave, perolado. *O eterno pôr do sol*, chamavam aqueles que recusavam a morbidez de *Céu de Sangue*. À Marcela, parecia um nome mais bonito — com uma beleza tenebrosa, sim, como a da imensidão que a cerca, como a das ondas que vão e voltam e, ao chegarem à margem, desfazem-se em espuma avermelhada. Depois de tudo, ainda restam as ondas; as ondas insistem, mas até quando?

Marcela desprende o capacete com o movimento que já se tornou automático. Arranca-o da cabeça e solta-o no chão. Inspira a podridão dos peixes. Sabe que tem poucos minutos até que precise vesti-lo mais uma vez; até que o ar se torne escasso, a visão embaçada; que a boca se abra em busca do oxigênio e o corpo tombe no chão, não mais significante do que as algas murchas. Aproxima-se do mar. As ondas tocam seus pés. A espuma desfaz-se entre os dedos. Há quanto tempo não sente essa água? Deixa-se ir até que as ondas alcancem os joelhos. A boca seca, os lábios racham. Conhece os estágios: primeiro, a pele começará a descolar do corpo; não demorará para que a carne fique à mostra, vermelho vivo ardente, tão neon quanto o céu; depois, então, as visões — o que veria, ela que há tanto já não sabe dizer o que deseja, mas somente o que não? — e, por fim, o osso exposto, corroído. Mas ainda há tempo. Deixa-se ir mais, puxa o ar, e, por fim, afunda os pés na terra quando a água alcança o umbigo e as ondas já chegam no peito. A pele arde suavemente. Deixa o ar sair pouco a pouco: é preciso poupá-lo. Diante de seus olhos, explodem manchas luminosas, pontos escuros.

— *Marcela! Marcela!* — Reconhece a voz de Lívia. Vira-se. Na beira, ela sacode os braços escandalosamente, segurando em uma das mãos o elmo que foi abandonado. As crianças a imitam, apavoradas. *Mamãe, mamãe!* Não consegue enxergar os seus rostos. — Enlouqueceu? Volta já pra cá!

Marcela volta-se ao horizonte e dá um passo adiante. A voz de Lívia se torna mais longínqua, o ar mais rarefeito, o vermelho mais neon. Sente a correnteza revolver o seu corpo, acariciá-lo. Não se preocupem — murmura para Lívia e para as crianças, ainda que eles não possam lhe ouvir — tenho tempo. Não se preocupe, murmura a si mesma. Fecha os olhos. As vozes ao longe silenciam, decepadas pela súbita rajada de vento que cruza o ar. Inspira com força. Abre os olhos. O mar e o céu continuam diante de si, vastos e vermelhos, mas, quando se vira à margem, já não vê Lívia, Sofia ou Marcos. Por um instante tão breve quanto as espumas que se desfazem na beira, sente-se livre.

OLHO SOLITÁRIO

Um dia o chão arrebenta como esse céu. Continuei com os olhos fixos no livro a despeito do burburinho que crescia, do súbito odor molhado que tinha consumido o ar. Tentava retomar a linha perdida no sobe e desce do veículo. A chuva ameaçava arrastar a cidade consigo: ruas encharcadas, relógios atrasados. Em todo canto eram corpos com lama nas solas, nas bainhas, entre os dedos; em todo canto eram corpos molhados, de suor e de chuva, que o calor jamais partia, só tomava outra forma: grudento, sufocante. *Um dia o chão arrebenta como esse céu*, ela repetiu, agora mais alto, com aquela voz que veio do fundo. Levantei a cabeça e encontrei o olho solitário.

Era ainda o que sobrava de si. O resto da cabeça estava coberta por um amontoado de panos, amarrados uns aos outros, desconjuntados, de cores distintas, mas com o mesmo matiz de sujo. Nem um fio de cabelo escapava do arranjo. Restava o olho esbranquiçado como se feito de vidro. Todo o resto do corpo estava também escondido por aqueles panos — um vestido por cima do outro, um casaco por cima do outro: uma imensa colcha de retalhos que deixava de fora somente suas mãos, finas e fantasmagóricas como a das mulheres de Varo. Olhá-la fazia com que eu me sentisse mais limpa e quase inadequada dentro daquele vestido amarelo solar, a estampa de girassóis impressionistas, unhas de esmalte rosa roídas.

O momento de estranheza com a presença da passageira logo se desfez dando lugar a um ou outro comentário provocativo: essa aí enlouqueceu, perdeu as estribeiras. E os risinhos. Fiquei calada; encarava a mulher, sentindo-me compadecida mas também enojada — pelo cheiro, o cheiro que só podia vir dela, que lá fora saía das fossas abertas, das valas e dos ralos, e agora estava ali, cada vez mais forte. Abaixei a cabeça quando ela cruzou a catraca. Voltei o olhar para as linhas: alguma coisa sobre uma viagem; alguma coisa sobre...

Um dia o chão arrebenta como esse céu e a gente vai dançar. A voz estava mais próxima, mesmo que estranhamente abafada, como se fosse de dentro de uma estufa que ela falasse. Ao redor as pessoas riram; riram sem esconder o riso; ao contrário, vomitaram-no, exageraram-no: um riso descarnado. Eu quis levantar a cabeça, olhar para ela, mostrar que eu, ao contrário, não ria. Que era diferente: capaz de compadecer-me, quase de compreender-lhe. Mas permaneci com a cabeça baixa. O cheiro me enojava, e o olho solitário, em sua clarividência, remexia algo sedimentado no mais remoto de mim.

Os passos se aproximaram: ao contrário do resto da vestimenta, seus sapatos eram lustrosos, brilhavam sob a camada de lama. Escondiam pés pequenos e pálidos feito aquelas mãos. Torci para que continuasse andando, para que não notasse a cadeira vazia ao meu lado. De nada adiantou: já sentia o olho solitário pousado ali. *Um dia o chão arrebenta como esse céu* — dessa vez ela não falou; ainda assim a ouvi. Quando sentou, prendi a respiração. A náusea. Era o cheiro da cidade em um dia como aqueles, quando a água fazia vir acima toda a putridez assentada sob o chão. Eu quis levantar, mas hesitei: seria indelicada? Machucaria-lhe? Pelo canto do olho, observei-a. Quem era aquela mulher? Ao redor, o interesse dos outros passageiros já não existia, diferente do meu. Deviam pensar: era só uma daquelas lunáticas que há em todo canto da cidade.

Estavam certos?

Um dia o chão arrebenta como esse céu: quase prenúncio, quase maldição, a voz translúcida num grito despertando olhares de desconforto ao redor. Num dia como aqueles e ainda aquilo, reclamam do banco traseiro. Ela riu em resposta, o riso retorcido. A fetidez se acentuou mais ainda — era de sua garganta que vinha, do mais fundo do seu ventre? Esgueirei-me pela janela do ônibus em movimento, mas lá fora o odor também vinha no vento. *Um dia o chão arrebenta como esse céu*: murmurou baixinho a modo de confissão.

Não pude evitar de olhá-la; seu olhar já esperava o meu. Encarando-a de perto, mais inumana parecia, espectral. Imaginei-me pouco a pouco retirando aqueles panos como quem descostura uma boneca de algodão, expondo primeiramente o rosto até passar ao corpo, arrancando camada por camada, quase eroticamente, até alcançar a sua nudez. O que encontraria: um corpo pálido, fantasmagórico, fino e esquálido feito um fiapo de fumaça, com um sexo ressequido entre as pernas? Ou, ao contrário, nada encontraria, restando apenas o olho solitário e as mãos fantasmagóricas levitando sem corpo que os sustentasse?

A mulher pousou a mão sobre as minhas. Sobressaltei-me, mas permaneci estática. Tinha uns dedos úmidos, grudentos; as unhas esverdeadas, carcomidas, sem um pingo de sangue sob a carne. Senti mais de perto seu cheiro, o cheiro, que definitivamente vinha dela. Mas permaneci parada, pois eu era diferente: reconhecia em sua abjeção uma humanidade que fazia também parte de mim; ou, ao contrário, reconhecia nela algo que em mim também existia de disfuncional? Por baixo daqueles panos, talvez o que eu encontrasse fosse eu mesma; meu olho descoberto feito o abismo que olha de volta. De repente desejava — um desejo clandestino, vacilante — ser ela; estar ali, desprendida das amarras, sem rumo algum que me aguardasse. Mas a temia na mesma medida: parecia revelar algo de mim que restava oculto, um reflexo distorcido e revelador. Ali ela ficava pois sabia que, entre mim e ela, existia uma fronteira tênue que poderia, a qualquer instante, ser desfeita. *Um dia o chão arrebenta como esse céu e é teu o olho que vai ver*, ela disse, num murmúrio.

Tirei minhas mãos das suas e, para me desculpar da maneira abrupta como me ergui, entreguei-lhe as moedas que tinha no bolso. Fui até a porta de saída, ainda que minha parada não estivesse próxima, ainda que lá fora a chuva engrossasse e o som das gotas atingisse o teto com violência. Vi quando a mulher olhou para as moedas e deixou sair o mesmo riso esgarçado, agora cruel, caviloso, e jogou-as pela janela. Perturbou-me que rejeitasse minha bondade; sentia ainda o calor de sua mão pousada sobre a minha, a podridão de seu cheiro impregnada ao meu suor, ao vento, o seu olho solitário fincado em minhas costas enquanto eu dava sinal. Os outros passageiros não me viam, não me percebiam: fechavam-se em seus silêncios costumeiros, em suas meias-conversas. Não sentiam o mau presságio na rispidez da pele.

Desci em uma parte desconhecida da avenida. Por ali não havia toldo sob o qual eu pudesse me esconder ou estabelecimento em que eu pudesse entrar: ao redor, somente os terrenos baldios tomados por mato denso, carros e caminhões atravessando o percurso. A chuva caía lacerante, cada vez mais bruta, cada vez mais fria; encolhi-me sob o céu escuro. A água não lavava o cheiro da mulher: ao contrário, trazia-o — não a água que caía do alto, mas a que transbordava do chão, entre as fendas, sob as tampas de metal; a que vinha de baixo.

Persisti velozmente: ao longe, a lâmina de um olhar me perfurava. Sentia-o. Temi virar-me e ver não a mulher envolta em seus panos sujos, seguindo-me com o passo lento, o riso atroz, mas sim, pelo olho solitário que me sobraria exposto, a mulher de vestido amarelo que corria ao longe em desespero atravessando a turva cortina do vendaval.

HOTEL VENEZUELA

No início eu sabia a resposta. No início sabíamos todos, retrucava Arnaldo, enquanto colocava no prato o pedaço do pudim de todas as manhãs, preparado por Catarina e Julinha. No início eu sabia a resposta; hoje sobram as perguntas: *por que você está aqui? Por que você continua aqui?* E, quando eu tento respondê-las — porque eu, ao contrário de Arnaldo ou Salete, *ainda* insisto em ensaiar uma resposta — vão escoando as palavras até se tornarem um rumor misturado às vozes dos noticiários, ao tilintar de colheres contra os pratos, ao indistinguível murmúrio da conversa dos inquilinos, que somente na hora das refeições se encontram na sala de jantar do Hotel Venezuela.

Às vezes, a pergunta é outra: *quando você chegou?* E eu digo, entre risos, que pode ter sido ontem, mas também há um mês. Não me surpreenderia, às vezes penso, se fossem anos. É difícil lembrar, a bem da verdade, dos momentos que não tenham sido esses: acordar todas as manhãs no quarto miúdo, em que cabem a cama de casal, o armário pequeno, o frigobar e o ar condicionado que liga a seu bel-prazer; curvar-me sob o teto do banheiro, baixo como o de todos os hotéis dos anos 40; encarar o horizonte pálido lá fora, debruçado sobre a janela por horas a fio. Todos os dias penso o mesmo: hoje desfaço as malas. Mas por que as desfaria? Depois é preciso arrumá-las. É sempre preciso arrumá-las de novo.

Lembro-me do primeiro dia: cruzei a recepção sob o olhar ressabiado de Arnaldo, subi as escadas impregnadas com o odor de mofo, entrei no corredor que levava ao meu quarto — 414 — e atravessei a porta que rangeu tranquilamente, como num cumprimento cansado. Não acendi as luzes antes de me deitar; não liguei o ar-condicionado ou abri as cortinas que me revelariam lá fora a rua estreita e arborizada no coração do Flamengo. Depois de um sono brusco e sem sonhos saí para jantar, sorrateiro como tinha entrado, atravessando o caminho de outros inquilinos que ao me verem interromperam suas conversas.

Era sobre mim que fabulavam?

Foi ainda naquela primeira noite que vi a silhueta, quando sem maiores pretensões levantei a cabeça para vislumbrar o hotel despontando antiquado na ruela que ligava a orla do Flamengo à Senador Vergueiro: um prédio estreito e amarelo entre prédios largos e cinzentos onde, eu supunha, moravam gerações de famílias que nunca tinham saído do bairro, engasgadas em seus privilégios. Não foi a fachada desbotada ou as ervas daninhas nos muros do hotel que me chamaram a atenção, mas o contorno quase indistinguível de alguém por trás da janela; num susto, julguei ser a de meu apartamento — haviam o invadido naquele curto período de tempo que eu tinha descido as escadas? — até notar que se tratava, na verdade, da janela do apartamento vizinho. Não sei quanto tempo encarei o contorno; havia sido o suficiente para que me assaltasse uma crescente inquietação: fosse quem fosse, não se movia; aquela era a persistência de um manequim exposto na vitrine.

A inquietação persistiu em mim longo tempo, mesmo quando me distanciei dali, mesmo quando atravessei a rua até a orla, circundado pela noite bonita que se desenrolava ao redor numa amálgama de sons, de cheiros. Sentei-me sozinho em um bar escondido num beco a poucas quadras da praia, as pernas cansadas de seguir sem destino certo: cigarro em mãos, um copo de uísque, o olhar detido no ir e vir das coisas. Como queimava lenta a brasa. Se naquela primeira noite me perguntassem quando eu precisaria voltar, saberia responder: em breve, sim. Abriria minha carteira e mostraria uma passagem com data certa de volta: a promessa de um voo turbulento como havia sido o de vinda — sempre temi aviões, seus voos magistrais. Mas não houve quem perguntasse e talvez por isso tenha restado só o silêncio dos meus olhos se empoeirando, abertos, imóveis, enquanto a fumaça mentolada me revolvia e o movimento dos carros insistia monótono. Importava somente o próximo gole, o próximo trago. Como queimava lenta a brasa. Abri um guardanapo sobre a mesa, escrevi cinco versos sobre a solidão das noites cariocas. A falsa vocação para poeta.

Só voltei quando ao redor tudo já era aquele silêncio fino, prelúdio de uma madrugada consumida por perigo, mistério. Esperei um instante antes de entrar no hotel, estancado na porta; soube que a silhueta estaria à janela antes mesmo de erguer o olhar, e dessa vez, aquele rosto que era somente um borrão à meia-luz me olhava de volta.

Tornou-se um afazer rotineiro, durante minha estadia no hotel, procurar pela silhueta estática na janela: se pela manhã eu saía para a orla e não a encontrava, na volta era certo que estaria lá; e, se na ida estivesse, na volta já não estaria. À noite é que sua aparição era certa. Imaginava que, ali parado, o indivíduo, homem ou mulher, quem haveria de saber, tinha diante de si a vista dos prédios cinzentos enfileirados, as janelas abrindo-se acesas feito os múltiplos olhos de uma aranha; permaneceria estático até que estas janelas se apagassem e sobrassem opacos os vãos, o escuro impenetrável das sombras, um silêncio denso que, eu sabia, somente em um lugar como o Hotel Venezuela poderia ser encontrado.

***

Puxei assunto com Arnaldo ao fim da minha primeira semana no hotel. O velho distraía-se numa conversa acalorada com outra senhora: algo sobre a ditadura militar, algo sobre um disco gravado por seu tio. É mesmo seu tio o Noel Rosa? Loucura, Arnaldo. Bebi um gole do café amargo antes de perguntar desajeitadamente há quanto tempo moravam ali. Pretextei conversa. Viraram-se com uma expressão divertida, entreolharam-se, soltando ao mesmo tempo um risinho divertido. Arnaldo está aqui desde que nasceu, se duvidar, riu-se a mulher que conversava com ele, um vestido preto de lantejoulas, perfume forte demais para aquela hora da manhã. Bem você, Salete, vai vendo, desse jeito vai ser enterrada nessa espelunca. Restou-me rir junto sem saber se podia, enquanto vinham chegando os outros hóspedes para o café da manhã e se assentando nas mesas vazias. Busquei disfarçadamente reconhecer naqueles inquilinos a silhueta misteriosa; por alguma razão, eu sabia que não estava ali.

Não poderia estar.

— Mas a verdade, meu filho, é que quem é que sabe há quanto tempo mora aqui? Quem é que sabe?

Se a resposta de Arnaldo não chamou minha atenção no momento, a cada dia que eu passava no Hotel Venezuela passei a compreendê-la melhor. Do que valia, afinal, contabilizar aquilo que parecia ser o que menos importava por ali? Virou costume meu acordar cedo para fazer caminhadas pela orla do Flamengo enquanto o dia acordava moroso. Nas calçadas passeavam as pessoas com seus cães, os idosos vagarosos; o Pão de Açúcar ao longe fitava a cidade com impassibilidade; os transeuntes, taciturnos, pareciam nunca me perceber, somente atravessar-me, prosseguindo. Sempre prosseguindo. Sentado no banco, eu observava a maneira como as nuvens pálidas iam dando lugar a um azulzinho vibrante mesclado ao mar vazio de gente, ainda. O que me entristecia era saber que seria preciso voltar; as paisagens bonitas e ostensivas do Flamengo tingiam-se de uma melancolia tênue: eu não pertencia aos indivíduos tão quietos que passavam; não pertencia aos bichos e às suas delicadezas, ao mar e sua violência. Sim, uma hora seria preciso voltar, mas enquanto essa hora não chegava, eu me apegava à imobilidade reconfortante das coisas que me rodeavam.

Nos cafés da manhã, eram comuns minhas conversas com Arnaldo e seus cigarros, Salete e seus vestidos. Juntavam-se a essas prosas as camareiras, Julinha e Catarina, compartilhando histórias quase sempre divertidas e inacreditáveis sobre os hóspedes dali. Mesmo a misteriosa silhueta tornou-se parte daqueles dias que se desenrolavam sempre do mesmo modo: a aparição era frequente, mas só às vezes seu olhar ia de encontro ao meu e, certa feita, até ensaiou um aceno para mim.

Mesmo que a familiaridade em relação àquela presença houvesse crescido, a curiosidade permanecia a mesma. Foi à Julinha que perguntei, num daqueles cafés ou almoços ou jantares — quem sabia, meu Deus? — quem era a pessoa que morava no quarto ao lado do meu. Antes de responder, olhou para Catarina, e então para Salete e Arnaldo, num misterioso incômodo que fingi não perceber.

— Muita gente que mora aqui nós nunca vimos.

— É difícil conhecer todo mundo que vive num hotel. Essa pessoa pode não ser a mesma que vai ser amanhã ou que foi ontem —, atalhou Catarina.

Essa pessoa pode não ser a mesma que vai ser amanhã ou que foi ontem, repeti, num murmúrio.

— Aqui é lugar de passagem —, emendou Julinha, enquanto me servia uma xícara do café preto sem açúcar pois depois de um tempo havia aprendido que era do café preto e sem açúcar que eu gostava.

Salete deu de ombros, num suspiro:

— Lugar de passagem e, ainda assim, sinto que estou aqui faz tanto tempo —, e cismei, olhando-os inquieto, invadido pela sensação de que aquelas palavras muitas vezes antes foram ditas e ali restavam penduradas no ar, esperando quem as capturasse, quem as fizesse escapar do esquecimento — o esquecimento que tudo invadia insidioso. Arnaldo, comendo uma fatia do pudim, assistindo ao programa de TV de culinária que todos os dias à mesma hora começava, comentou, num ar divertido e teatral:

— Ah, os fantasmas e seus vícios! —, e rimos todos, porque Arnaldo tinha dessas.

***

No dia de minha partida, não foi com felicidade que saí do quarto arrastando a mala, vestindo a mesma roupa de quando eu tinha chegado ali. Antes de descer para o que julguei que seria meu último café da manhã com Arnaldo, Salete, Julinha e Catarina, cruzei o corredor e parei em frente ao quarto vizinho. Não sabia exatamente o que faria ali, demorei minha mão na maçaneta da porta. Ensaiei uma batida; o gesto congelou no ar. O que dizer, de qualquer forma, ao estranho ou estranha que apareceria quando a porta se abrisse?

O que haveria para se dizer?

Voltei a descer o lance de escadas até chegar à sala de jantar, onde não havia ainda nenhum inquilino. Somente os barulhos na cozinha: Julinha e Catarina já preparavam o café da manhã. Abri um livro sobre a mesa — *os melhores contos de J.J Veiga* — escutei as notícias que tantas vezes tinha ouvido nos últimos dias. Tantas as reprises. Esperei. Não demorou até que eu sentisse o perfume de Salete saturando o ar ou o cheiro dos cigarros de Arnaldo — tinham sido conjurados por meu pensamento, tão imutáveis quanto eram todos os dias? Sentaram-se na mesa ao lado, deram-me bons dias.

Hoje vou embora, declarei mais para mim do que para qualquer outro. Hoje vou embora, repeti. Olharam-me com indiferença; nada disseram. Fitaram furtivamente minha mala. Não me ofendeu a falta de cerimônia: a quem vivia naquele lugar há tanto, não eram necessários grandes gestos aos que partiam. Depois de um gole de café preto fiz menção de levantar-me, murmurar, sem muita segurança, que era hora de eu ir, talvez fosse bom já chamar um táxi, o aeroporto era longe e o trânsito daquela cidade, meu Deus... Uma Julinha mais nervosa do que de costume surgiu agitada. Balançava os braços, a urgência no olhar:

— Que alvoroço! Um homem se jogou da janela do quarto andar.

Tombei de volta na cadeira. Arnaldo e Salete murmuraram alguma coisa entre si, esboçando poucas reações diante da notícia.

— É melhor não sair agora —, foi Salete quem declarou, olhando-me com certa melancolia.

Julinha tinha sumido tão esbaforida quanto tinha entrado: uma atriz que, após sua fala, volta às coxias. Um gole de café: já frio. Esperaria ainda até que o alvoroço passasse, até que lá fora já não houvesse corpo ou burburinho. Havia tempo. Enquanto Salete e Arnaldo perdiam-se em suas conversas, subi mais uma vez o lance de escadas até o quarto andar. Dessa vez não esperei, não fiz menção de bater à porta do quarto vizinho. O local permanecia intocado e cheirava a desinfetante. Catarina e Julinha já o haviam limpado? Os lençóis estendidos, alvíssimos; o guarda-roupa, o frigobar, o ar-condicionado, o teto baixo. Aproximei-me da janela; esperei. Ergui os olhos ao céu pálido e, quando baixei-os, o olhar de um homem lá embaixo sustentava o meu. *Por que você está aqui? Por que você continua aqui?* Foi a voz de Catarina, à porta do quarto, que me surpreendeu. Olhei para trás num silêncio consternado, como quem procura palavras, como quem não as acha, mas Catarina já não estava mais ali. Cansou-se de esperar resposta? O silêncio. Quando me virei novamente para a janela, a fileira de prédios cinzentos diante de mim já acendia as luzes — os múltiplos olhos da aranha — e o céu escurecia, cor de chumbo.

METADE VAZIA

> *"O que é isso?" pergunta ele.*
>
> *"Ah, isto?" Toco na fita na minha nuca. "É só a minha fita."*
>
> *Passo os dedos pela superfície verde e lustrosa até chegar ao laço apertado que fica na frente. Ele estende a mão e eu a agarro e afasto de mim.*
>
> *"Você não devia tocar nela", digo. "Não pode tocar nela."*
>
> *O ponto do marido,* Carmen Maria Machado

O olhar dela, ao contrário dos outros, é pontiagudo, ainda que ela mesma não seja. Usa um sobretudo preto — quem, meu Deus, pra usar sobretudo naquele calor? — umas sapatilhas vermelhas, gastas, e uma máscara branca, de tecido, que cobre mais da metade do rosto. De seu semblante, sobram só os olhos — pontiagudos — e os cabelos loiros amarrados num coque desajeitado. Tem cara de Cecília. Sim: pode, facilmente, se chamar Cecília. Não tem cara de Sara ou Amanda ou Antônia, não, esses nomes não a servem. Mas Cecília, sim, Cecília é um bom nome.

A primeira vez que vi C. foi numa quarta-feira ensolarada, no metrô, a caminho do trabalho. Ela entrou duas estações depois de mim. Veio com uma lentidão de brisa, silenciosa na multidão mascarada. Não foi a primeira a me chamar atenção — havia mulheres mais bonitas, mesmo por trás das máscaras. Havia mulheres mais graciosas. Notei C. somente quando a gentalha se dispersou e cada um foi para o seu canto. Deti-me nela por causa dos olhos pontiagudos, não por outra coisa, somente pelos olhos pontiagudos e fixos na janela do vagão, como se lá fora uma paisagem apoteótica estivesse sendo pincelada, com cores de Renoir, ao invés do borrão indistinguível do túnel. Achei engraçado que olhasse daquele jeito para o nada: no que é que devia estar pensando, meu Deus? Aqueles olhos, tão estáticos, a qualquer momento iriam atravessar a parede do vagão e então a parede do túnel e então os encanamentos da cidade e então...

Senti vontade de estalar um dedo em sua cara. Seria engraçada sua reação, o espanto, tentando reconhecer em mim algum conhecido: alguém do passado, um ex-namorado, um colega de trabalho, um primo distante, um amigo de infância, ou só um desconhecido, mesmo, e sendo um desconhecido, que direito eu tinha de chegar nela daquela maneira? Tudo o que fiz, contudo, foi permanecer parado, inocentemente parado, torcendo para que ela me olhasse; torcendo para que aqueles olhos se virassem para mim e me perfurassem sem piedade. Mas permaneceram imóveis. E, depois de doze estações — duas antes de mim —, C. desceu, e posso jurar que, até movendo-se, não mexeu os olhos.

Naquela noite, quando voltei pra casa, pedi para minha esposa usar máscara enquanto trepávamos.

No outro dia, esforcei-me para pegar o metrô no mesmo horário. Foi com ansiedade que aguardei cruzar as duas estações. Quando abriram-se as portas do vagão, quase saltei tentando achar C. na amálgama de rostos pela metade, mas não precisei me esforçar. A cabeleira loira, o coque desajeitado, o sobretudo preto, as sapatilhas vermelhas, a máscara branca de tecido: ali estava ela. Afligiu-me que estivesse com a mesma roupa do dia anterior. Invadiu-me a repentina sensação de estar preso no ontem: um paradoxo temporal irreversível. Mudei de lugar no vagão para livrar-me da impressão.

Aproximei-me mais de C., ficando exatamente à sua frente. Para evitar encará-la, encarei as sapatilhas vermelhas. Quem, meu Deus, pra usar sapatilhas vermelhas com um sobretudo preto? Talvez por baixo do sobretudo escondesse um visual mais adequado àquelas sapatilhas, sim, quem sabe. Aquele sobretudo nada revelava de seu corpo: era preciso imaginar o tamanho dos seus seios, era preciso imaginar seu umbigo — pra dentro, pra fora? — era preciso imaginar a consistência da sua pele, as curvas de sua cintura, as virilhas, o sexo, a bunda; era preciso imaginar seu cheiro, seu sabor.

Era preciso.

E então o rosto — ou a metade de um rosto, como eram todos daquele vagão. E a metade de um rosto não era, assim simplesmente, a metade de um rosto. Por essa metade imaginava-se a outra, sempre oculta. Os olhos pontiagudos de C., por exemplo, sugeriam uns lábios finos, de dentes pequenos; sugeriam um nariz afilado que apontava acusadoramente em minha direção. Um rosto como o das bonecas magérrimas de plástico. As pupilas estáticas contribuíam para fortalecer essa impressão, de fato. Mas era verdade que o rosto imaginado colidia com a realidade: e se viessem uns lábios grossos, de dentes grandes, separados? E se viesse um nariz largo, um queixo pontudo? Desejei vê-la por inteiro. Desejei, sim, arrancar aquela máscara num golpe só: não apenas para poder vê-la por inteiro, mas para fazê-la, de alguma maneira, mover aqueles olhos; para fazê-la, num susto que fosse, perceber-me, notar aquele desconhecido, mero desconhecido, que a admirava com tanto fervor.

Nada fiz.

C. desceu na mesma estação.

A cada dia que passava, eu procurava ficar mais próximo de C. no vagão. No nono dia, arrisquei ficar ao seu lado. Quem sabe ali, pelo menos, eu sentisse o seu cheiro. Ou percebesse os olhos se movendo. Ou espiasse, pela fenda da máscara, qualquer evidência da outra metade do rosto. Não consegui nada disso. Não demorou até que eu começasse a descer na estação de C.: um jogo rápido, sem propósito algum. Tudo o que eu fazia era caminhar atrás dela, no meio da multidão, observando-a sumir entre os passantes. Quando a perdia de vista, resolvia voltar para pegar o próximo metrô. Atrasei-me para o trabalho quase todos os dias durante essas imprudências. *Problema em casa, sabe como é.*

Foi num desses dias que me deixei ir um pouco mais longe do que o normal, atiçado pela curiosidade. Segui C. até que ela virasse na descida da plataforma subterrânea da estação e por ali sumisse. Era um local perigoso para uma mulher sozinha. Alguém poderia persegui-la, sabe Deus como são violentas as coisas para mulheres sozinhas. Parei, sempre puxado de volta por aquela voz que despontava e dizia que era preciso voltar, pois havia um trabalho, havia uma esposa, havia os vagões lotados, o horário de almoço, os compromissos, todas aquelas coisas que, desde que eu havia descoberto C., pareciam não ser suficientes, satisfatórias.

E eu sabia que não voltariam a ser até que eu me entregasse ao fatídico rumo que se abria sob meus pés.

Tinha sido numa quarta-feira ensolarada, como no primeiro dia, que eu decidi ceder. O metrô parou na estação de C. Meus pés se atropelaram: não queria perdê-la de vista. Estava decidido a falar com ela. Puxaria-lhe pelo braço e então... e então, o que diria? Não sabia, e, na verdade, talvez nada houvesse a dizer, senão fazer. Ela caminhava mais rápido que o normal. Sentia que estava sendo seguida? Contive a vontade de gritar o nome que eu havia lhe dado. Ela reconheceria.

Dei-me conta de que estava correndo, empurrando as pessoas que cruzavam meu caminho. *Enlouqueceu de vez?* Os passantes reclamavam, soltavam xingamentos, empurravam-me de volta. Eu gostaria de parar e explicar-lhes a urgência da situação, mas sabia que me faltariam palavras: como, afinal, explicar o desejo súbito, a vontade que, num ato só, poderia ser sanada? Ela é só uma desconhecida, eles diriam, e eu riria. Já não poderíamos mais ser só desconhecidos: estávamos há semanas no mesmo vagão, no mesmo horário, e eu sabia que, de alguma maneira, ela havia me notado do mesmo modo que eu a havia notado, mesmo que seus olhos jamais houvessem se movido até mim.

C. sumiu através da passarela subterrânea, traçando seu percurso diário. Hesitei um instante antes de entrar: ainda não havia ido tão longe por ela quanto naquele dia. Quando adentrei o túnel, senti o cheiro forte de urina e merda atravessando o tecido grosso da máscara. Não havia ninguém ali, exceto alguns moradores de rua encostados nas paredes e ela, que ia ao longe, apressadamente, em direção à uma luz parca. Lá em cima, ouvia-se o som da multidão de passantes — iam e vinham, iam e vinham, e eu deveria estar lá, não ali. Antes de C. eu era somente um deles.

Ela parou de súbito. Percebera minha presença? Congelei. Pela primeira vez, seus olhos pontiagudos pousaram sobre mim. Senti um calafrio, e sob as sombras, algo de fantasmagórico incidia sobre ela. Um morador de rua resmungou em seu sono. Talvez devesse dizer que não estava a seguindo, não, que não interpretasse mal tudo aquilo, na verdade eu só queria — o quê? O que eu queria? Ia dar meia-volta, mas antes que eu pudesse fazer menção de sair, para meu espanto, ouvi sua voz:

— Quer ver?

Era uma voz fina, quase cantada. Permaneci estático. Num movimento sutil, ela abriu o sobretudo. Revelou um corpo pálido, jovem demais, magro demais, mas formoso, com a nudez oculta por uma lingerie preta e surrada.

Me aproximei lento, pouco certo do que iria fazer. Ouvi a risadinha de um morador de rua ao fundo. Ela começou a rebolar com pouca destreza, e havia naquilo algo de estúpido, reconfortante. O quão jovem ela devia ser? Parei a poucos centímetros de seu corpo. Estendi um dedo que foi lentamente percorrendo sua pele, passando pelo sexo, subindo pelo umbigo — pra fora — e chegando aos seios. Ela se afastou, com um risinho. Ri de volta; continuei subindo o dedo até alcançar seu rosto, tampado pela máscara. Fiz como quem fosse puxá-la, mas antes que pudesse, C. saltou para trás, assustada, fechando o sobretudo.

Estiquei mais uma vez a mão para arrancar a máscara — mais firme. Quanto mais ela negava, mais o desejo crescia. Antes que pudesse escapar, lancei-a contra a parede. Os mendigos começaram a soltar gargalhadas ao fundo. C. murmurava algo indistinguível — era possível que estivesse chorando? Pressionei-a contra o concreto e a encarei. Passei os dedos sobre o tecido da máscara: atrasava o instante final de prazer para que ele viesse mais forte, mais arrebatador. C. tentava se livrar em vão. Com um movimento certeiro, por fim puxei-a. Foi só por um instante que consegui vislumbrar o rosto inteiro antes que os olhos dela, sem máscara que os sustentasse, escorressem pela metade vazia do rosto até caírem no chão.

A OUTRA LÚCIA

> *"Ajuda-me, pai, se em ti habita, como nos rios, o poder divino, / destrói minha figura, que apraz em demasia, e a transforma! / Mal acabara a prece, um pesado torpor acomete os membros; / seu tenro peito é envolto por fina casca / crescem seus cabelos em folhagem, em ramos os braços; / o pé, ainda há pouco tão veloz, detém-se em inertes raízes; / o rosto é cimo. Permanece nela uma só beleza."*
>
> *Metamorfoses*, Ovídio

Lúcia, ele chama, e sua voz é pegajosa, sua voz é uma nota em falso despontando no silêncio cuidadosamente arquitetado. Lúcia, ecoa ao longe, mas já se aproxima, sim, em breve ele estará aqui, já não só em voz, mas em carne e pele diante de seus olhos, cheirando a banho recém-tomado, fragrância adocicada — prefere os perfumes femininos — cabelos jogados para trás, despenteados, e o sorriso, o sorriso que ela passou a detestar, porque no meio daqueles dentes, os dentes tão alinhados, artificialmente brancos, havia um que não era alinhado, que não era branco; aquele dente, bendito dente, depois de um tempo passou a incomodá-la. Gostaria de arrancá-lo num golpe só; um golpe tão exato e cirúrgico quanto as pinceladas na tela em branco. Sim, se pudesse recriar Otávio à sua maneira, refazendo-o em cores e linhas como aquelas flores, como aquelas árvores, faria-o diferente. Aí, então, as coisas seriam mais simples, não seriam?

Lúcia! Ele já está aqui, agarra-a por trás, beija-lhe o pescoço. É o suficiente para que seja arrancada do espaço onde existe sozinha, cercada pelas begônias que, de dentro das telas, sussurram-lhe segredos ancestrais; pelas flores murchas que, dentro dos vasos, sopram no ar um aroma doce e úmido que está também em seu suor, em seu sexo; pelo espelho oval que, no canto da sala, reflete um solitário raio de sol. *O que é que está pintando aí?*

Ela encara a tela por um momento antes de responder: *Um loureiro. Ainda não está pronto.* O desenho de repente lhe parece feio, simplório; o cômodo volta a ser um estúdio bagunçado, pequeno demais, quente demais, em vez de um espaço sacralizado. Ela mesma torna-se outra; volta a ser aquela que tão impiedosamente a clama.

Mamãe! Mamãe! Lá vem Maurício com sua voz fina e embalada por um amor que, de tão puro e recente, é medíocre. Escuta os passos do filho em corrida, antecipa o momento em que se jogará sobre suas pernas e a agarrará com fúrias de animal, a boca babada, os olhos castanhos enormes e inchados de paixão, os cabelos bagunçados, o corpo pequeno e roliço. Abraça-o e sente o cheiro de xampu infantil, de leite, talco, de qualquer outra coisa que não pode definir, mas que a intimida, que a faz pensar: ele saiu de dentro de mim, e ainda assim. Ainda assim.

Sabia que eu te amo? É o que diz, enquanto lhe afaga a cabeça. Diz porque parece ser o correto a dizer, lhe afaga porque parece ser o correto a fazer, mas quem diz, quem faz, é uma outra Lúcia cheia de artimanhas, sobreposta à que despreza a fama de pintora, a criança que em suas pernas clama por amor, o sexo ruim de Otávio.

Priscila vem logo atrás segurando o menino. *Vem, Maurício, vem brincar, não perturba dona Lúcia que ela está pintando.* Lúcia tenta sorrir para a babá, tenta parecer aquela que esperam que seja, mas com ela sente-se exposta, colocada sob o telescópio dos olhos de lince, ameaçada pelos seios que estão sempre apontados em sua direção, roliços, pontudos sob o tecido fino: como é difícil desviar o olhar. Priscila sorri de volta, e há em seu sorriso algo de cúmplice, algo de cínico, como se soubesse que por trás da Lúcia há outra: ilícita, imprópria. Outra Lúcia que a deseja com fúrias inimagináveis. Talvez por isso se aproxime dela dessa maneira, sorrindo com todos os dentes tortos, pontudos demais, tocando-lhe o braço enquanto diz que Maurício está fazendo sim os deveres, dona Lúcia, não precisa se preocupar, e olhando como quem olha não para o que há diante de si, mas para o que pulsa além. Lúcia não consegue sustentar esse olhar por muito tempo: teme derreter-se, transformar-se em coisa sem formas e contornos que a contenham. *Bonito esse quadro, dona Lúcia, bonita essa árvore.*

Ela sorri, nervosa, em resposta. Priscila consegue notar? Ao fundo, Otávio brinca com Maurício, ameaça pintar o nariz do menino com um pincel que ainda pinga tinta fresca. O filho gargalha. Há um misto de exasperação e culpa no peito de Lúcia: os dois desequilibram a harmonia silenciosa que surge repentina entre ela e Priscila, a cumplicidade que vacila entre erótica e fraternal, a coisa — como chamá-la? — que está presente não nas poucas palavras que trocam, mas nos silêncios cavados entre elas.

Otávio diz qualquer coisa sobre o trabalho. Irá trabalhar até tarde naquele dia, sim. *Passei só pra dar um beijo, minha flor, espero não ter atrapalhado. Minha flor* — algum dia ela havia achado esse apelido agradável; agora sorri apenas para conter o desprezo. Beija-a novamente. Ele não é capaz de perceber como Lúcia se crispa, como deseja enrolar-se toda dentro de si mesma quando ele encosta em seu corpo.

O filho também se despede, abraçando-a forte. Priscila é quem ainda demora um instante — é por acaso? —

perguntando: *quer um café, dona Lúcia?* Responde que não, um não enviesado, um *não, obrigado*, tão trêmulo, tão baixo, que a menina parece não escutar. Sorri antes de sair, retornando àquele universo apartado de Lúcia, onde está a sala de estar, os corredores, os quartos, a existência luxuosa para uma mulher que vive de pintar quadros — é o que pensam — quadros simples demais para o preço que têm — é o que dizem.

Agora resta só ela, mais uma vez. Deve voltar-se ao loureiro; deve, mais uma vez, pegar o pincel, imergir, recompor-se após a breve interrupção. Mas sabe que já é tarde: o loureiro não é mais o mesmo, tampouco ela. Otávio e Maurício já deixaram seus rastros, seus cheiros, seus hálitos e hábitos no ar. Estão sempre ali como um lembrete de que ela é outra; não aquela que pensa ser. Priscila, por outro lado, perturbou-a com o desejo, do mesmo modo que um pedregulho perturbaria as águas calmas de um lago antes de afundar sem retorno. Agora é impossível voltar ao ponto zero, ao vazio, à morte necessária.

Com um suspiro, arranca a tela do cavalete e arremessa-a num movimento ágil, automatizado, ao canto da sala. Coloca outra tela em branco diante de si. Suas mãos, que ainda fervem com a memória recente do loureiro, recomeçam o trabalho: primeiro o marrom, pouco a pouco formando o contorno frágil que em breve será preenchido. Esse contorno, antes de tornar-se tronco, pode ser qualquer coisa: somente ela sabe seu destino, somente ela possui a liberdade de alterar esse destino, surpreender a si mesma. Talvez não pinte mais um loureiro — pode transformar o traço em bicho, em casa, em corpo. Mas não: será, sim, um loureiro. É preciso que seja.

Pouco a pouco está sendo recolocada no lugar: aquele lugar somente seu, inviolável. Sabe, porém, que a outra

Lúcia ainda está ali, sub-reptícia, encarando-a zombeteira. Essa Lúcia sabe que, no fim das contas, ao fim do dia, terá que abraçar o filho e dizer que o ama; terá que se entregar aos desejos de Otávio. Aí então a Lúcia que pinta o loureiro com tanta fúria estará subjugada. Silenciada? A verdadeira Lúcia sempre dá um jeito de se insinuar. Quando Otávio está por cima, gemendo feito bicho, tremendo convulsivo, a verdadeira Lúcia pinta o corpo de Priscila no escuro dos olhos fechados, imagina o cheiro de seus pelos. Priscila, em sua mente, desfaz-se até se tornar uma amálgama de outros corpos, outras mulheres.

Sente o suor escorrendo sobre os lábios, o cheiro das flores saturando o ar, o calor, o desejo, a fúria, a agonia misturando-se à tinta, às pinceladas firmes que laceram a tela e parecem, também, lacerar sua pele, atravessá-la sem piedade. Por um instante, as duas Lúcias entram em comunhão, uma comunhão traiçoeira, pois algum dia será necessário cortar a cabeça de uma delas. Lá fora, o sol está a pino, atravessa a cortina da veneziana, incide sobre os quadros, sobre os vasos, sobre o seu corpo, sobre o loureiro que, depois de algumas horas — quantas? — está pronto, vibrando em tinta ainda viva, movimentando-se sobre o fundo turquesa. Lúcia o admira: está aquém do que imaginou, mas foi finalizado.

Deita-se no sofá velho, vermelho puído, sob a janela. Encara o teto por um instante. Tem algumas horas antes que Otávio e Maurício voltem e ela tenha que cruzar a porta, voltar ao outro mundo, ao outro lado. Terá de sorrir, terá de parecer feliz por tudo o que tem, pois sabe que deve estar feliz por tudo o que tem, sabe que algum dia foi aquilo que desejou.

No dia seguinte, mandará Priscila embora. É necessário; sabe o que deve ser feito. No canto da sala, o loureiro a observa com melancolia. Sob o cheiro do eucalipto e a luz do sol, Lúcia fecha os olhos. As mãos ainda estão sujas de tinta, as roupas grudadas à sua carne suada. Deixa-se escorregar para dentro de um sono profundo. Sonha que cai de uma ribanceira em um lago gelado. O despertar molhado, trêmulo. Ergue-se inebriada pelo cheiro das flores, mais forte; pela luz do sol, que dilui-se fina num amarelo aguado; por sua pele que arde, queima; por seus pés que pesam como se amarrados. Ao olhar para o canto da sala, surpreende-se com a tela em branco encarando-a indiferente: o loureiro já não está ali. Uma fina réstia de sol incide no espelho e atinge seus olhos. Lúcia volta-se ao próprio reflexo e compreende: deve partir agora enquanto há tempo; deve ir antes que a outra Lúcia tome seu lugar, antes que eles cheguem, antes que a pele vire tronco, os braços galhos, os pés raízes e já não possa arrancar-se desse chão.

LEGIÃO

20/06

Já faz alguns dias desde que os ratos chegaram. O mais engraçado é que nunca consigo vê-los. Ainda bem. Creio que, se visse um, desmaiaria. Mamãe diz que é porque eles são bichos traiçoeiros, sabem se esconder como ninguém. Lembro que acordei à noite, assustada com os arranhões por trás da parede e, depois, com aqueles barulhos estranhos no teto. Achei que fosse um pesadelo. Ando tendo pesadelos toda noite, geralmente com pessoas desconhecidas invadindo a casa. Já estava prestes a gritar por mamãe, mas ela se adiantou, veio reclamando: esses ratos não deixam a gente dormir! Ufa. Eram ratos. Só ratos. Ela pegou a vassoura; bateu no teto, nas paredes. Ouvi aqueles gritinhos finos, depois a correria apressada por cima do forro. Fiquei toda arrepiada. Não gosto de ratos. São bichos nojentos. Pela barulheira, parecem ser muitos, uma família inteira morando por trás das paredes, esperando o momento certo de sair dali e roubar nossa comida.

Perguntei à mamãe o que a gente ia fazer. Papai chegaria em alguns dias e ajudaria a gente a dar um jeito nisso, foi o que disse. Já faz um tempo que papai não aparece. Sinto que a cada viagem parece demorar mais pra voltar. Quando vai embora, fico com medo de que não volte, que aconteça alguma coisa, não sei. Mas é o trabalho, filha, é o que ele sempre diz. Quando está com raiva, me chama de Maria Antônia, mas nos momentos de bom humor é filha, filhinha, Antonieta, Toninha, ou qualquer uma dessas coisas.

25/06

Ele achou graça da situação. Ratos, era só o que faltava! Me fez medo: disse pra eu tomar cuidado, senão iam me levar com eles quando eu estivesse dormindo. E levariam mamãe também. Mamãe não viu graça nisso, disse que a coisa era séria, que agora os ratos tinham começado até a comer as flores: cavavam uns túneis na terra para chegar ao quintal e os escondiam depois que o trabalho sujo estava feito. Isso fez com que eu me lembrasse daquelas histórias de fuga de prisioneiros. Faça o que for, mas não mexa nas plantas da mamãe. Ela fica uma fera. Passa a maior parte do tempo cuidando delas. Já aprendi o nome de algumas: crisântemos, arrudas, jiboias. Ela já quis me ensinar a cultivar, mas depois de alguns dias perco a paciência. Só lembro da coitada da planta depois que ela já está mais pra lá do que pra cá. É uma pena. Prefiro os livros.

Papai não deu muita atenção pra toda aquela história de ratos. Disse pra botar veneno, arranjar um gato, quem sabe. Óbvio que mamãe não gostou nadinha das sugestões. Veneno não adiantava, que já tinha botado, e gato, de jeito nenhum, detestava gatos. Uma hora os ratos vão embora, então, suspirou papai, e ficou por isso mesmo. Ele passou poucos dias antes de viajar de novo. Uma pena.

E foram dias estranhos.

Enquanto ele estava aqui, os ratos não deram um pio. Era como se nunca tivessem existido. Mamãe parecia aflita com a situação. Ele ria, fazendo piada: "cadê os ratos?

Cuidado com os ratos!" Papai gostava de fazer piada com tudo, sempre acompanhadas daquele risinho, o risinho que mamãe detestava. Pelo jeito foram embora, dizia ela, mas não sei se parecia feliz com isso. Além do mais, ela e papai andavam diferentes um com o outro. No primeiro dia que ele chegou, ouvi os gritos. Achei que os ratos tivessem voltado. Mas na verdade era mamãe gritando com papai, e ele com aquela cara de confusão, dando de ombros. Antes que eu pudesse entender do que estavam falando, perceberam minha presença, se calaram, sorriram. Já pro quarto, Maria Antônia, vamos pedir uma pizza.

30/06

É claro que os ratos voltaram assim que papai viajou. Eu já imaginava que isso fosse acontecer, não sei por que, e mamãe também, pelo jeito, pois passou aquela noite sem pregar o olho, sentada na sala, sem assistir televisão, sem ouvir música, apenas sentada em silêncio, como se esperasse alguma coisa. Na madrugada começaram as batidas. Dessa vez mais fortes. Tão fortes que não pareciam ratos. Eram pessoas caminhando em nosso forro? Imaginei outra família, a versão duplicada de nós mesmos, como nas histórias de terror, vivendo do outro lado. Estavam chegando; queriam tomar nosso lugar.

Mamãe dessa vez não teve aquele acesso de fúria. Pelo contrário, encostou-se à parede como se quisesse ouvir melhor. Tinha um olhar estranho, distante. Quando cheguei, assustada, perguntei se estava tudo bem. Ela só levou o dedo à boca, pedindo silêncio. Ouvíamos os grunhidos feios. Se os ratos tivessem voz de gente, o que estariam tramando? De repente, como se tivessem notado nossa presença, silenciaram e marcharam para longe.

Ouvimos a correria cruzando o forro. Mamãe parecia cansada mas, pela sua cara, eu sabia que não ia dormir tão cedo. Credo, mãe! Eu falei. E agora? Ela só balançou a cabeça: é uma praga sobre nós.

O que mais me chateia, querido diário, é que amanhã começam minhas férias. E mamãe já disse que não vai viajar enquanto não der um jeito nos bichos. Acho um exagero, mas nem me atrevo a falar isso, porque do jeito que ela anda... Já imaginou? Passar as férias só ouvindo os ratos e seus grunhidos. Mas pior do que isso seria ir para o sítio da vovó. Não gosto de lá. Tenho certeza que mamãe vai dar um jeito nos bichos logo, logo.

Papai viria semana que vem, mas remarcou a viagem para a próxima. Mamãe não gostou nada disso.

15/07

Sim, eu sei que demorei a escrever. Mas não foi de propósito, nem porque eu estivesse me divertindo nas férias a ponto de esquecer daqui. Longe disso: esse é um péssimo momento pra não sair de casa. Estou quase desejando estar de volta à escola. Talvez você não acredite quando eu diga que os bichos se tornaram extremamente inconvenientes. Não mais inconvenientes porque ainda não chegaram ao ponto de sair de seus esconderijos e se mostrar pra gente, mas é só isso mesmo que está faltando.

Ultimamente, fazem uma barulheira só. Na semana passada, eu e mamãe decidimos assistir a um filme juntas. Uma comédia daquelas que gostávamos. Os bichos adivinharam: sapateavam no forro e, mesmo com a televisão no volume máximo, não conseguíamos nos concentrar. Fingi que não ouvia o escândalo deles; mamãe também. Mas não demorou para que ela perdesse o controle, arremessando a tigela de pipoca no chão, que se espatifou toda. Me assustei. Ela praguejou, dizendo que era um absurdo que os bichos fizessem aquilo, que não fossem embora de jeito nenhum, mesmo depois das ratoeiras, do veneno, e de todas as coisas que havia tentado. Pensei em mencionar o gato novamente, mas fiquei calada.

O melhor era ficar calada.

Além do mais, papai tinha desmarcado a viagem mais uma vez. Ouvi ele e mamãe conversando no telefone. Ela disse: de novo? Nas férias da tua filha? Já imaginei o que ele devia ter dito do outro lado da linha: o trabalho, os prazos. Mamãe já não parecia dar muito valor ao que papai falava, porque respondia daquele jeito meio sarcástico, sem dizer palavra nenhuma. Ela respondia assim quando tinha algo pior para dizer, mas não dizia.

20/07

Seria estranho afirmar que nos acostumamos a eles, mas de certa forma, foi o que aconteceu. De certa forma. Não acordo mais à noite quando ouço a barulheira. Quer dizer, acordo, até mesmo porque os ouço, mas volto a dormir. São só os ratos, só os ratos, eu penso. Eu e mamãe, quando estamos conversando e a marcha deles nos interrompe, nos calamos e esperamos passar, mesmo que demore. Chega a ser engraçado. E triste. Antes de ontem, ela foi ao quintal e viu que as flores estavam todas roídas. Achei que faria um escândalo, mas, ao contrário, não voltou mais lá. Se continuar assim, as plantas vão morrer.

Pra falar a verdade, ela não parece mais se importar. Em outros dias, talvez eu achasse isso estranho, talvez me espantasse; agora entendo. Eu também deixaria as plantas morrerem. Não importa o que façamos, sempre haverá os ratos. O único jeito tavez seja ir embora; os ratos já deixaram isso claro: eles ou nós. Mas preferimos, eu e mamãe, esperarmos – não sei o quê, exatamente. Papai desmarcou a viagem pela terceira vez. O trabalho cada vez mais intenso, a cobrança do chefe, uma nova obra... essas coisas.

26/07

Achei que, quando papai chegasse, seria um raio de esperança. Mas a verdade é que não. Assim que ele chegou, já fomos logo falando sobre os ratos. Tudo bem que havíamos nos acostumado a eles, ou melhor, aprendido a tolerá-los, assim como se tolera uma visita inconveniente, mas foi só papai chegar para que lembrássemos de todo o absurdo da situação. Mamãe já foi logo reclamando, dizendo que agora os bichos além de tudo iam à cozinha escondidos à noite e roíam o pão, as frutas, o que quer que tivesse pela frente. Era verdade. Ela ficava acordada a noite toda para ver se os pegava no flagra, com uma tora de madeira na mão, onde reluzia um prego na ponta, mas é óbvio que quando ela estava ali eles não apareciam. Eram especialmente inteligentes, aqueles ratos. Perguntei-me se mamãe teria coragem de estraçalhar um deles. A fúria nos seus olhos me dizia que sim.

Papai, como sempre, achou graça, mesmo depois de ter visto o pão e as frutas roídos. Dessa vez, pude entender a raiva de mamãe. Também senti. E mais ainda quando, naquela noite, os ratos não apareceram. É claro. Onde estão esses benditos ratos? Perguntou papai, um sorriso de provocação no rosto. Espere pra ver, disse mamãe. Eles não apareceram; sabíamos, de repente, que enquanto ele estivesse ali eles não apareceriam. Mamãe disse isso pro papai, que riu, uma gargalhada insana. Disse que ela estava ficando louca, e ainda por cima ia me arrastando junto. Vocês precisam dar uma saída dessa casa, estão malucas.

Naquele momento, odiei-o verdadeiramente. E mamãe também: eu via em seus olhos, em seu rosto. Às vezes me surpreendia com ela se arrastando pela parede, tentando ouvir os ratos, tentando saber onde estariam. *Estou realmente louca?* Devia pensar.

Também esses dias papai e mamãe parecem se falar somente na hora da janta, porque estou presente, mas vejo como, nos outros momentos, mal se falam. Ele está sempre grudado no celular; ela, à procura dos ratos, os benditos ratos.

15/08

Sei que estou há um tempo sem escrever por aqui, mas minhas férias acabaram e, bem, você sabe a quantidade de coisas que tenho pra fazer quando as aulas voltam. Muitas coisas a contar, sim: uma aluna nova, muitíssimo estranha, que usa um batom vermelho berrante; um professor substituto fascinante, especialmente bonito! E sobre Dario, ai... Dario anda me olhando diferente, talvez esteja apaixonado.

De qualquer forma, não é sobre isso que quero escrever. As férias não foram nada proveitosas com toda essa história de ratos, mas sim: por fim eles foram embora!

Achei que papai não fosse ter um gostinho dos ratos antes que viajasse de novo, e que estaríamos, eu e mamãe, para sempre condenadas a viver com esses bichos. Ainda bem que as coisas encontraram um modo de se resolver.

Amanhã vai fazer duas semanas desde que eles se foram. Acordei de madrugada, assustada com a barulheira. Estava mais alta do que nunca. Depois que o susto passou, pensei: aí estão! Agora papai sabe que não estamos loucas! Levantei, pronta para sair do quarto e acordá-lo, ainda que, como viajaria cedo naquele dia, provavelmente ele já estivesse de pé, mas para a minha surpresa, a porta estava trancada. Gritei, bati: Mãe! Mãe! Pai! Quem trancou a porta? Demorou até que mamãe respondesse, com uma voz meio engasgada: vá dormir, Maria Antônia! Mas os ratos, mãe!

Os ratos tomaram a casa, foi o que ela disse. Assustei-me. Imaginei o forro se rompendo e as pragas caindo feito legião, a corrida desembestada pela cozinha, pela sala, pelo quintal — um verdadeiro exército cinzento pronto para nos devorar. Alguma hora aquilo aconteceria. Lá fora, ouvi mamãe gritando algo indistinguível; depois papai. Corri para a cama e tampei meus ouvidos. Confesso, diário, que naquele momento me senti verdadeiramente apavorada, mas pensando agora, foi uma reação meio tola. E infantil.

Só depois de um tempo é que decidi me levantar, trêmula, quando percebi que uma quietude profunda havia tomado a casa. Chamei mamãe. Nenhuma resposta. Chamei papai. Silêncio. Abri a porta e estava destrancada. Qualquer descrição que eu fizesse agora seria infiel em relação à bagunça com a qual me deparei. Sim, uma verdadeira baderna. E nenhum sinal dos ratos.

Quando cheguei à cozinha, mamãe estava lá. Esfregava as mãos tingidas de vermelho com força sob a água corrente. Por ali também estava uma bagunça: pratos no chão, copos quebrados, a mesa afastada, o cabo de madeira com prego na ponta manchado do mesmo vermelho de suas mãos e uma trilha de sangue que ia se arrastando até sumir pela porta do quintal. Os pobres ratos! Senti pena, apesar de tudo: mamãe realmente havia descontado toda aquela fúria neles?

— Mãe! Que confusão!

— Pelo menos não precisamos nos preocupar mais —, deu de ombros. — Se senta, Maria Antônia, vou fazer um café, que agora tudo o que preciso é de um café!

Olhei ao redor por um instante.

— Cadê os ratos? E papai? Já viajou?

Mamãe ficou calada por um instante. Continuou a esfregar as mãos furiosamente, encarando o vermelho fosco que descia pelo ralo em espiral. Por fim desligou a torneira e se virou para mim com um sorriso aliviado que, fazia tempo, eu não via em seu rosto: "Os ratos o levaram."

A MULHER QUE VIVIA NO EDIFÍCIO SÃO PEDRO

A mulher, que há tanto tempo vagava sem rumo pela Beira-mar, tomando o caminho do centro, cochilando nos bancos da Praça do Ferreira, alimentando os pombos, comendo restos empapados de comida, um dia entrou ali e não conseguiu sair. Levou consigo só a bolsa com roupas velhas, as sandálias rasgadas oferecidas por uma dona qualquer e o escapulário nos dedos. Ao cruzar a porta do edifício São Pedro, atravessando sua fachada em formato de navio — era o que diziam — deparou-se com a ruína estranhamente familiar. Respirou fundo o ar de detritos e soube: ficaria ali pelo resto dos seus dias, que já não eram muitos, como os do edifício, fadado à demolição. No saguão principal, fez a primeira dormida; em sonhos, seu espírito viajou até o passado e testemunhou banquetes levados de um lado ao outro, repletos de iguarias inéditas aos seus olhos embotados; a dança cadenciada de homens e mulheres que, dentro de ternos e vestidos caríssimos, dançavam ao som da bossa nova de 60, fumando uns cigarros caros com gosto de cereja. Ela, naquele tempo, já andava por perto, o corpo na vitrine das esquinas, tão ciente dos arredores quanto das próprias dores. No segundo saguão, por onde subiu através de escadas estreitas, que vacilavam a cada passo, viu no chão pedaços de memória: notas fiscais, contratos de casamento, certidões, comprovantes, fotografias borradas, guimbas de cigarro, garrafas de cerveja vazias, pares perdidos de um tênis, camisinhas usadas. Estava menos sozinha do que lá fora, acompanhada pelas sombras daqueles que deixavam para trás o resquício pulsante de seus corpos. No terceiro saguão foi onde decidiu ir até a janela e ver o mar. Como era linda a vista! Como o oceano era infinito dali, imponente, como nas fotografias de cartões postais! Inspirava o cheiro de sal, a maresia invadindo-lhe: algum dia lhe corroeria como havia corroído as paredes e vigas daquele edifício? Ou estava já corroída, esperando somente a ventania que derrubasse o último pilar, soprando-a para longe dali? Subia mais um saguão a cada dia, a cada noite; conhecia mais um cômodo, mais um quarto, mais uma recepção: pedaços de efemeridade. Momento a momento, caía um pedaço de teto, tremia um pedaço de chão. Vinham os visitantes com suas máquinas e celulares em mãos, curiosos para conhecer de perto o abandono, a ruína, e ela, arredia, temendo ser expulsa, escondia-se por trás de pilares, entre as pedras, às costas de paredes tão finas quanto papel — dava sempre um jeito de espiar os indivíduos que não a viam. Ria do quanto se espantavam com o abandono, a antiguidade imponente. Não se demoravam, nunca: temiam que, com um movimento em falso, antecipassem a demolição. A mulher achava graça: o edifício ainda estaria na face do mundo mesmo quando eles já não estivessem. Depois de semanas, esgotado seus poucos recursos, decidiu sair. Pé ante pé, passo ante passo, cruzando o rumo que já tão bem conhecia, não demorou para perceber que, por mais que andasse, não importava quantos lances de escada descesse, jamais alcançava a saída. Percorreu atalhos entre paredes, adentrou rumos entre buracos: sempre voltava ao mesmo lugar. Sua última esperança foram as janelas — sim, poderia sair pelas janelas, quem sabe ali encontrasse algum tipo de caminho. Mesmo as janelas estavam fora de seu alcance: por mais que enxergasse a luz do sol atravessando-as e sentisse o cheiro do sal e das ondas entrando por elas, não conseguia encontrá-las. Resignou-se ao destino. A bem da verdade, lá fora o que lhe interessava? Nenhuma paixão que inflamasse, nenhum destino que a aguardasse; que laço esperaria para ser refeito? Assim insistiu de um lado para o outro, até que conhecesse, com a sola do pé, o edifício São Pedro e os seus espaços — agora, irremediavelmente, também os espaços dela. Vez ou outra vinham os meninos de rua, os mendigos, bandidos fugindo após o assalto, jovens enlaçando os corpos em amor e gozo nos destroços. Nenhum deles a via; a mulher divertia-se caminhando entre os anônimos, sentando-se aos seus lados, ouvindo conversas, assistindo aos amores que nasciam e morriam diante de si e viravam, de alguma forma, também os seus amores. O tempo passava sem que ela percebesse: dia após dia, mês após mês, ano após ano. Não estranhou quando ninguém mais apareceu — até os morcegos, pendurados sempre no teto, um dia deixaram de fazer morada ali. Foi só por um instante que aquela solidão monumental a entristeceu, pois acordando, um dia, percebeu alegremente que as luzes de janelas abertas consumiam o espaço. Do jeito que pôde, um corpo frágil, se pôs a correr até lá. Primeiro os olhos nada viram, atingidos pela luz que há tanto desconheciam; a pele ardeu, fina, translúcida sob o sol. Jurou que desmaiaria, mas a paisagem tomou forma diante de si: o azul expansivo do céu, o brilho perolado do mar. Ao redor, o que não via eram os prédios, as pontes, os passantes, as ruas que conheciam seus passos desde tenra infância.

Sobrava ela somente, debruçada sobre a janela do edifício que cortava as ondas, navegando mar adentro.

O CARCARÁ MECÂNICO

> *"Com esforço chegaremos lá*
> *Tudo o que basta é acreditar"*
> Marias e Antônios

A agitação invadiu a praça no momento em que o canto do Carcará silenciou.

De todos os lados, ouviram-se os brados surgindo, choros de alegria; vieram socos no ar e corpos girando em dança. Dez dias para o fim das obras e abertura do portão, este havia sido o anúncio. Marias e Antônios, cada um deles, foram atingidos por um sentimento que há muito desconheciam, transformado em uma lembrança longínqua, sem gosto, tão distante quanto lhes eram os chãos de grama verde ou os céus azuis, o cheiro de vento e o sabor do mar.

Em meio à confusão, restava um único rosto indiferente, notado senão pelos observadores mais atentos. Rosto pequeno, quase oculto pelos cabelos grandes e crespos. Era como estátua com seus braços cruzados assistindo à algazarra. Chamava-se Maria, como chamavam-se todas as mulheres dali, mas esta, ao contrário das outras, era Maria, a Filha, logo distinta de Maria, a Artesã; de Maria, a pintora; ou de Maria, a Mãe, que veio agarrar-lhe o pulso no momento em que notou sua indiferença.

— Ai, ai, Maria! Com a cara assim emburrada num momento desses? Parece que não ouviu...

— Ouvi muito bem!

— Então vê se desemburra!

— Pra quê? De novo essa história de fim das obras! Há um mês, também faltavam dez dias...

— Mas agora é de verdade, menina! Agora é de verdade! A gente vai sair desse lugar, Maria. Olha ao redor: o trabalho está quase todo pronto.

Maria assim fez: deitou os olhos na cidade que há tanto conhecia. Não sabia dizer há quanto tempo estava ali. Sabia apenas que *sempre* tinha estado, assim como todas as outras Marias e Antônios, e que o tempo era uma quantidade relativa: grande para alguns, curto para outros. Para ela, não tão grande quanto para sua mãe, que já tinha no rosto as marcas irreversíveis da idade.

Era evidente que a cidade estava diferente do que havia sido há dez anos, quando as ruas ainda eram feitas de terra barrenta, e por todos os lados viam-se amontoados de pedra, fios, canos, martelos, latas de tinta, ferros e outros materiais dos quais desconhecia o nome. A paisagem era agora formada por pequenos edifícios de tijolo cinza, intercalados com casas feitas de mesmo material, idênticas em tamanho, forma e cor. Era mesmo impressionante o que, durante todos aqueles anos, a população daquele lugar sem nome tinha construído com o próprio suor e, não poucas vezes, sangue. O que permanecia ainda inalterado na paisagem era o Grande Muro e o Carcará, situados ali como os velhos guardiões de um reino sem cores. O Grande Muro estendia-se imponente, feito de aço, dotado de alturas e larguras inimagináveis. Sabia-se, e para isso dispensavam-se medidas exatas, que era extenso o suficiente para circundar a cidade por completo e mantê-la separada do mundo que havia além. Roçava o céu de cinzas com dedos férreos. A única fresta em sua macicez era uma porta miúda, oval, que jamais tinha sido aberta; tentativas haviam sido feitas, certamente, por um ou outro habitante revoltoso – raros eles eram – na tentativa de abandonar o local, mas nunca haviam acabado bem.

Era conhecida a história de Antônio, o Auxiliar, que tinha passado a maior parte dos seus dias dedicado a encontrar uma maneira de forçar a passagem; seu ato final, depois de tantos malsucedidos, tinha sido a construção de uma bomba que, ao fim e ao cabo, explodira-o acidentalmente, deixando como memória as vísceras queimadas por cada canto da cidade. A porta continuou intacta, sempre sob os olhos vigilantes do Carcará. Assim chamavam a monumental cabeça de pássaro acoplada ao centro da praça. Perscrutava, com seus grandes e robóticos olhos amarelos, os passos das Marias e dos Antônios. Muitos também chamavam-no de O Inspetor; alguns ousavam intitulá-lo Pai. Estes eram os mesmos que, ao redor da máquina vaporenta, realizavam constantes orações fervorosas, não raro acompanhadas por dias a fio de jejum. O chefe de tais romarias era sempre Antônio, o Armador, com seu fervor e palavreado que acalentavam a desesperança dos habitantes dali.

Maria, a Filha, por outro lado, via a ave-robô senão como uma ferragem cheia de astúcias. Todos os dias, religiosamente, a máquina emitia seu canto agudo, já tão doloroso quanto aconchegante para aquele povo. Ao ouvi-lo, sabiam: era hora de ir até a praça escutar o repasse diário. A menina ia sempre arrastada pelos pais: já conhecia, de cor e salteado, o que seria dito — uma ou outra palavra poderia ser modificada, mas a mensagem permanecia a mesma durante todos aqueles anos.

— Os tempos de trabalho estão chegando ao fim, e a recompensa está mais próxima do que imaginam! — A voz era robótica, grave, parecia vir de todos os lugares, mesmo que emitida somente através do bico cerrado do carcará de aço. Uma densa fumaça preta saía de suas narinas. — Em breve, a porta será aberta e todos vão conhecer Início, a cidade construída e planejada especialmente para aqueles que dedicaram toda a sua vida à labuta. Em Início, vocês não conhecerão mais a fome, o cansaço ou o trabalho: viverão em casas feitas de acordo com as preferências de cada um, de todos os formatos e cores; toda semana, receberão recompensas especiais pela tarefa que com tanto afinco exerceram nesta obra. Em Início, conhecerão a natureza, os céus azuis e o mar!

Vinha então o burburinho de alegria, a expectativa por aquela terra prometida. Desconheciam as paisagens que não fossem o céu de perene cinza ou os chãos de cimento fresco; ansiavam, algum dia, pela lufada de ar que trouxesse consigo o salobro da maré, o aroma da seiva.

O Carcará prosseguia:

— E, acima de tudo, terão aquilo que mais desejam: a escolha de um nome. Já não serão somente Marias e Antônios, e com isso, obterão a liberdade de uma vida sem amarras, sem deveres.

Nos dias de anúncio, Maria, a Filha, olhava para cada um dos habitantes e, sem conseguir manter-se calada, dizia:

— Mas por que continuar acreditando nisso? Já se passou tanto tempo...

— Ai! - Exclamava Antônio, o Armador, voltando-se para a garota e em seguida para o pai dela, Antônio, o Encanador — Logo se vê que você não educou bem a garota, Antônio; como fala absurdos!

— Maria tem a língua solta. — Justificava o pai, constrangido.

A Filha cruzava os braços:

— Está incomodado porque falo a verdade, Armador. Aquela porta nunca vai se abrir.

— Pois faço questão, menina, de que quando abrir, você fique aqui!

Maria ria em provocação. Após o repasse do Carcará, todos voltavam para suas casas, um fio de esperança no peito. Moravam em bairros às margens da praça, onde ainda se viam os aglomerados de pedra, fios, canos, martelos, latas de tinta e ferros; de lá, olhavam de volta para a obra que os circundava, e observavam o contorno dos prédios construídos por suas mãos calejadas, as casas pintadas de tinta e suor, os olhos cintilantes e amarelos do Carcará, sempre em ronda. Não tanto durava aquela visão: logo adentravam os buracos cavados na terra, por onde se revelavam escadarias estreitas e mofadas conduzindo aos seus lares, distantes da superfície.

Ao deitar-se na cama de pedra, Maria sempre demorava a dormir, fitando o teto de gesso que ao mesmo tempo era o chão da cidade. Tecia, com o fosfeno, um céu estrelado. Tantas casas vazias e era sob o chão que moravam, entocados feito ratos. Quando Maria dava-se ao trabalho de falar, o pai respondia com um suspiro:

— Maria, nós iremos para um lugar melhor. Bem melhor do que este em que estamos agora, do que esse que estamos construindo, onde tudo é cinza e não há vida. Iremos para Início. Teremos nosso próprio nome. Você não sonha com isso? Não sonha em ser outra coisa além de mais uma Maria?

— Mas e se a gente invadir as casas?

— Durma.

— E se a gente se negar a continuar trabalhando? Assim o Carcará verá como estamos insatisfeitos — Continuava Maria, um fio de entusiasmo surgindo na voz. — E se...?

Mas logo interrompia-se. Era do conhecimento de cada um que vivia ali, no lugar inominado, que aqueles que negavam-se a trabalhar não duravam tanto. Deixavam de ser Marias e Antônios para virarem parte da terra que cimentava as estruturas. Eram levados pelo bico do gavião, assim diziam. Foi o caso de Maria, a Pedreira — conhecida história. Tinha engravidado, e isso jamais era sinônimo de qualquer regalia fora do trabalho, mas calhou de ser gravidez dessas que verdadeiramente abatem; ainda assim, continuou, erguendo pedra por pedra sob o sol cinzento até desfalecer. Veio sangue descendo-lhe entre as pernas, gritos de dor, clemência ao Carcará; de nada serviu. Por um dia, não trabalhou, tomada por dores que já lhe ultrapassavam a carne. Tinha sido o suficiente para que, de um dia ao outro, sumisse, assim como se jamais tivesse existido — e não houve sombra de vento, não houve murmúrio ou traço, sem resquício de suor ou saliva em seus lençóis.

Um silêncio invadiu a cidade. No dia seguinte, o Carcará declarou: "é lamentável que Maria, a Pedreira, tenha falecido esta noite. É uma grande perda para todos nós, mas todas as providências já foram tomadas. O trabalho deve continuar."

Do fundo de seus silêncios, Marias e Antônios acreditavam temerosamente nas más bocas, que cochichavam por esquinas e becos que na mesma madrugada tinham visto o Carcará abrir o bico pela primeira vez e, sem dó nem piedade, estraçalhar Maria Pedreira e engoli-la como as rapinas engolem os insetos. Houve, porém, os que duvidaram de tamanha crueldade vinda da Ave-Inspetora, que a eles sempre havia desejado o progresso.

Fosse como fosse, o trabalho continuava. Quando achavam estar perto de terminá-lo, a ave mecânica aparecia com novos pedidos: a construção de um prédio ali, uma casa acolá, uma ou outra praça, mais e mais. Ia rascunhando-se uma cidade cada vez maior, formada por casas vazias e chãos lotados. Era, portanto, mais do que compreensível a tremenda e inédita alegria do aviso de fim da obra; um verdadeiro acalanto da Divina Providência.

Os dias que antecederam a abertura do Grande Muro haviam sido os mais intensos que Maria, a Filha, já tinha presenciado no lugar.

Trabalho sem descanso: poucos não foram aqueles que, negando-se a se recolher para horas de sono ou um merecido copo d'água, desmaiaram sobre paus e pedras, desassistidos por aqueles que com tanto afinco realizavam as próprias tarefas. Os desfalecidos, ao acordarem, persistiam como se nada houvesse acontecido: verdadeiras engrenagens de carnes e ossos — mais ossos que carnes, era notável. Maria, a menor da cidade, era sempre delegada às tarefas mais simples. Nesta reta final, responsabilizava-se por amontoar pedras, que deveriam ser utilizadas na finalização de mais uma casinha cinza e quadrada. Ao contrário dos outros, porém, parava para descansar constantemente, fulminando o Carcará.

— O povo está mesmo louco...

— Você que está, aí sentada – Retrucava Maria, a Artesã, a única que poderia chamar de colega por ali. — Não quer sair daqui?

— Nesse ritmo, vão morrer antes de se passarem dez dias.

E, de fato, já pelo quinto dia haviam morrido cinco ou seis Marias e Antônios, vítimas do cansaço e da fome; ou, melhor dito, vítimas de um desvario sutil, insidioso, que tomou-lhes o pensamento a ponto de esquecerem-se do próprio corpo, inconvenientemente humano. Ao chegar o oitavo dia, as casas e prédios já estavam prontos; nada mais havia a se construir; faltava limpar os chãos e recolher os instrumentos espalhados por toda parte. O lugar era como um imenso canteiro de obras. E assim foram finalizando, levados pela pressa e pela expectativa cada vez mais crescentes.

Quando dormiam, nos dias antes da porta abrir-se, Marias e Antônios sonhavam o mesmo sonho, ainda que, ao romper da manhã, não contassem uns aos outros: corriam por um campo verdejante, sob céu azul anil, respirando ar puro; riam-se do mero sopro do vento, dançavam mesmo com aqueles que não eram de seu apreço, e gritavam, com todas as forças, seus novos nomes. Ao acordarem, entretanto, já não conseguiam recordar-se de que nomes eram aqueles: como, afinal, gostariam de ser chamados quando não fossem Marias e Antônios?

No nono dia, ouviu-se o canto do Carcará. Em alegria indescritível, cada um dos habitantes correu até a ave mecânica, reunindo-se ao redor dela, silenciosos. A frente de todos, estava Antônio, o Armador, olhos marejados e mãos erguidas em devoção. Um instante que pareceu alongar-se pairou no ar antes da voz do Carcará irromper, alastrando-se por cada canto.

— Chegamos ao penúltimo dia da obra! Amanhã, o portão será aberto. Vocês, enfim, chegarão a Início, o lugar que por tanto tempo vos aguarda. Lembrem-se: lá, será ainda necessário o esforço de cada um para que se mantenha uma terra em que exista o compromisso, a paz e o bem-estar. Já não mais Marias e Antônios, mas tantos e tantas; sejam ainda unidade em prol do bem comum, independente dos obstáculos!

E silenciou.

Foi o suficiente para que ainda naquele dia Antônio, o Armador, organizasse o que havia chamado de plenária, com misteriosas intenções. O burburinho havia sido grande ao reunirem-se na praça, mais uma vez formando um grande círculo ao redor do Carcará, agora com os olhos voltados a Antônio.

— Vocês ouviram. É preciso pensar no bem-estar de todos quando chegarmos a Início. Sabemos que nem todos entre nós se esforçaram para realizar este *tão almejado objetivo*! Nem todos entre nós se esforçaram para manter o bem-estar! Como formar uma unidade se existem fissuras que nos impedem? — E lançou, discretamente, um olhar à Maria, a Filha.

Houve um murmúrio de assentimento entre os demais.

— Por isso, agora, nada mais justo do que decidirmos quem realmente deve ir para lá. Quem serão os *novos* rostos deste *novo* mundo?

Antônio, o Encanador, prometeu ajudar todos gratuitamente quando houvesse qualquer problema de vazamento: que cidade funcionaria sem um encanador, afinal? Maria, a Artesã, ofereceu a todos os mais belos e jamais vistos ornamentos para suas novas casas, pois o que era de uma casa sem adornos? Antônio, o Pintor, argumentou que era preciso, de tempos em tempos, dar nova roupagem ao ambiente, e, sem seus dotes, isto não seria possível da forma correta. Assim sucedeu-se, cada um com seu cada qual, demonstrando os melhores atributos que pudessem ter, e, quando não os tivessem, prometendo corpos e almas para quaisquer funções que fossem necessárias.

Ao chegar a vez de Maria, a Filha, esta permaneceu calada, sustentando o olhar desdenhoso do Armador.

— Ora, Mariazinha! Você, que amontoa pedras, o que pode nos oferecer que ainda não foi oferecido?

A menina deu de ombros.

— Você não é melhor do que ninguém que está aqui para decidir quem entra ou não no Início, Armador.

— De fato. Mas o que estamos fazendo aqui é uma decisão comunitária, baseada nas necessidades do Carcará.

Um burburinho de acordo.

— E devo dizer — Continuou, estimulado pela aprovação — que você deverá ser realmente convincente para mostrar que merece entrar em Início. O que fez, desde que saiu do ventre da tão esforçada Maria, a Mãe, senão turvar a paz de cada um dos habitantes daqui? O que fez, senão plantar questionamentos descabidos em mentes férteis, quando deveria estar em trabalho? Agora, que finalmente chegamos ao momento aguardado, por que você mereceria ir para essa terra?

A menina ficou calada. Cada olhar recaía em si feito farpas; julgou, por um instante, ver aquelas pupilas brilharem amarelas como as do Carcará. Voltou-se para o pai e para a mãe, mas eles encaravam algum ponto no horizonte, ignorando o temor que pouco a pouco crescia no semblante da menina. O silêncio se tornava mais espesso, insuportável, pairando sobre sua cabeça, pesando ao ponto de se transformar em fina cortina de ira que, revolvendo-a por inteira, transformou o temor em um grito firme e esganiçado:

— Daqui não saio, então!

Um outro burburinho, agora de riso e desconforto, tomou as vozes de Marias e Antônios. O pai da menina virou-se com um suspiro; a Mãe permaneceu impassível. As lágrimas vieram inevitáveis aos olhos de Maria, fazendo-a baixar a cabeça. Ao redor, ouvia as vozes se tornarem mais altas e opressivas. Erguendo os olhos, distinguiu, através da água turva, somente o rosto do Armador, silencioso, o sorriso de malícia e satisfação. Deixou o círculo e pôs-se a correr em direção ao horizonte que amanhecia. Deixava cada lágrima molhar seu rosto, entrar pelo canto dos lábios, salgar a boca. Continuou a correr mais rápido até que chegasse ao buraco do qual tantas vezes tinha entrado e saído. Não soube por quanto tempo permaneceu aos prantos, entre a cólera e a angústia, sentindo a fina lâmina do silêncio de seu pai e do olhar indiferente de sua mãe cortarem-lhe o peito, até, antes de dar-se conta, imergir num sono escuro e sem sonhos.

A porta foi aberta no primeiro raiar do sol, junto à melodia cerimoniosa do Carcará. Sons de engrenagem invadiram todo o local enquanto a passagem se abria, revelando não o tão desejado destino, mas uma extensa ponte que se estendia até um horizonte inalcançável pela visão. O povo bradava de alegria, cada um carregando uma bolsa miúda com as poucas peças de roupa e adereços que haviam possuído em seu tempo ali. Deixavam para trás martelos, chaves-de-fenda, baldes de tinta seca, resquícios de uma vida que jamais voltariam a ver, e da qual não sentiam falta alguma. De um a um, cruzaram a porta e despediram-se da cidade inominada rumo a um início que há muito ansiavam.

Maria despertou em susto, com o baque metálico que havia fechado o Grande Muro. De imediato, escalou até a entrada do buraco e pôs a cabeça para fora. As ruas estavam completamente vazias. Restava somente a Protetora, que com o último estalo de engrenagens da porta, começou a girar a cabeça no chão, emitindo canto de sirene. De seus olhos, projetavam-se giratórias luzes amarelas.

A menina abaixava-se cada vez que os faróis apontavam em sua direção, e retornava quando se distanciavam, feito a toupeira que escapa do martelo. A ave caçava. O movimento repetiu-se por um tempo que lhe pareceu longo até, enfim, cessar. Satisfeito com a inspetoria, o Carcará estagnou, mas não por muito tempo. Veio o estridente som de ferros se erguendo e, com lentidão, seu imenso tronco emergiu, atravessando a terra, conduzindo a cabeça antes enraizada até um círculo de nuvens. A última coisa revelada foram as garras curvadas e enfiadas na terra. Com imponência, abriu as asas e tingiu a cidade de sombras pontiagudas. Maria permaneceu ali, petrificada, observando com embasbaco a majestosa ave.

— Já sinto o cheiro do mar. — Dizia Antônio, o Armador, puxando o ar com um sorriso de prazer no rosto.

A ponte era sustentada por longas estruturas de ferro e, ao redor, tudo o que se distinguia era uma névoa densa que nada revelava através de sua espessura. Manchava os olhos como cegueira branca e, de tempos em tempos, era preciso apertar as pupilas para espantar uma ou outra miragem que se insinuava no contorno da bruma.

— O que sinto — Retrucou alguma Maria, do outro lado — é que estamos caminhando já há horas e não chegamos a lugar algum.

— Eu sinto que estamos chegando. — Dizia outra.

— Mas, falo sério, há quanto tempo estamos já caminhando?

— Pouco menos de uma hora.

— Absurdo! Já faz duas.

— Estão mesmo sem juízo algum! Acabamos de começar...

E assim entraram em conflito, na tentativa de contabilizar aquele tempo que alongava-se e comprimia-se, esfumaçava-se e liquefazia-se, rodeando-os como criança travessa. De tal modo que não souberam quanto tempo havia passado até o instante em que Antônio, o Armador, estancou de súbito, fazendo com que os outros parassem da mesma maneira, confusos, olhando em todas as direções. O homem permaneceu em silêncio, encarando o vazio à sua frente. Virou-se depois de alguns instantes com um meio sorriso de tranquilidade.

— Chegamos.

Maria, a Filha, continuou a assistir à estranha sequência de eventos que havia apenas começado a se desenrolar diante dos seus olhos.

O Carcará, pela primeira vez, abriu o bico. Abriu-o tão largamente que os olhos se tornaram finos feixes e a fumaça parou de sair das narinas. Um som semelhante ao de um trem nos trilhos ressoou. Pouco a pouco, junto a tal estardalhaço, foi se estendendo do fundo de sua garganta uma passarela do bico ao chão. Não demorou para que de dentro da goela da ave fossem surgindo misteriosos indivíduos.

Maria nunca tinha visto pessoas vestidas daquela maneira, com tão suntuosos chapéus e echarpes, sapatos lustrosos, peles envernizadas e brilhantes como eram as de bonecas, tão distintos dela que pareciam, mesmo, feitos de outra carne. Observava-os descer enfileirados, em passo uniforme: homens, mulheres, crianças, inteiras famílias que dali vinham, pouco a pouco adentrando a cidade que somente por algumas horas tinha conhecido a solidão. O último a sair do Carcará foi um homem franzino, dentro de um terno preto cuja gola apertava-lhe o pescoço enrugado. Desceu lentamente. Maria notou que as outras pessoas reuniam-se lá embaixo à sua espera, ansiosas, em fileiras, murmurando empolgadamente. Ao chegar, o indivíduo pigarreou e, sem demora, desatou a falar. Maria de imediato reconheceu a voz, agora livre de artifícios:

— Bem-vindos a Início, a cidade planejada para atender a todas às suas necessidades, construídas pelas mãos de meus dedicados trabalhadores! Eu, o prefeito, vos digo que aqui terão a melhor vida que poderiam ter sonhado! — E pausou por um instante, com um sorriso. — Que não percamos tempo com formalidades. É hora de conhecer o lugar!

Dito isso, fizera um gesto para que a multidão o acompanhasse. Cada um deles se dirigiu, como se desde sempre conhecessem o caminho, às casas e edifícios. Espalharam-se, velozmente, pela cidade já não mais inominada.

A porta de entrada se mostrou diante dos olhos de cada um, como se a névoa, ao ouvir o anúncio do Armador, houvesse decidido dissipar-se. Os indivíduos, em passo hipnotizado, cruzaram a passagem, sentindo os anseios debaterem-se no peito. Que nome teriam nesta nova terra? Que fariam, depois de tanto, com a liberdade recém-conquistada?

Ao entrarem, o primeiro movimento fez-se em sincronia: suas cabeças se ergueram em busca do azul do céu. Julgaram vê-lo, por um instante, e sorriram. Um sorriso que durou pouco pois a vista desenganou-os do querer: lá estava o cinza ao qual, por tanto tempo, já eram acostumados. Seus fôlegos, então, se uniram em busca do aroma da maresia, e os pulmões pareciam ter expandido de prazer, mas sentiram a familiar poeira unir-se àquela já incrustada desde o nascimento. Suas vozes, ansiosas por dizerem um nome que enfim lhes pertencessem, tentaram declará-lo alto, gritá-lo, sim, mas antes de atravessarem a garganta, feneceram em um sussurro sem forma: não conseguiam lembrar-se de serem algo além de Marias ou Antônios.

Ao redor, tudo o que havia eram pedras, ferros, martelos, tintas, máquinas, telhados. Cada peça já conhecida pela rigidez de suas mãos calejadas. Tão semelhante era à inominada cidade, antes de tornar-se o que agora era, que sentiam terem não atravessado a ponte para outro lugar, e sim para outro tempo, já passado e condenado por suas memórias. Nada falavam. Como que perdidos, buscavam ao redor algo que pudesse lhes devolver o rumo. E isso não tardou: do chão, brotou a conhecida cabeça do Carcará, desterrando-se como se sempre houvesse estado ali.

Olharam-na, não com surpresa, mas com alívio.

— Sorriam! Estão cada vez mais perto de chegarem! Bem-vindos à nova e última obra! Essa será a etapa final e, depois, conhecerão a cidade planejada para cada um de vocês. Início está atrás daquela porta.

Seus olhos se voltaram para a porta situada na extremidade oposta àquela por onde haviam entrado: sim, ali o destino final haveria de estar.

MANADA

Quem primeiro encontrou a cabeça de Amaranta foi o velho Miguel Antônio, que conhecia o manguezal desde menino. Estava lá toda quinta, caçuá nas mãos, corpo dentro de panos velhos, enlameados, pele rançosa emanando a mistura que o protegia da nuvem de muriçocas e maruins. Saía cedo pra catar uçás e, por volta da hora do almoço, quando o sol ardia a pino, se fincava na feira em frente à igrejinha municipal de Apolônia com a vara e a cambada amarrada aos ombros. Foi numa daquelas quintas que, com uma braçada ao fundo da lama, sentiu a coisa colidir dura contra os dedos. Por instinto de pescador ou curiosidade senil, não se sabe, não demorou até agarrá-la e puxá-la — sem sucesso, de primeira, que as raízes eram fortes feito braços — até conseguir, num sopapo pra trás.

Demorou um instante até reconhecer em suas mãos a bola de lodo, cabelos e carnes como parte de Francisca Amaranta, figura conhecida do lugar — especialmente dos pais de família e dos adolescentes que juntavam moedas pra satisfazer as urgências da carne e das senhoras de beira de calçada que não perdiam tempo em acompanhar cada passo dado pela puta velha, como diziam — que, para o seu horror, tinha os olhos abertos e carcomidos: olhos roídos que pareciam rir.

Na cidade, o horror foi grande: não pela perda da mulher, a pobre coitada, sim, que uma hora ou outra acabaria terminando daquele jeito, pois não eram poucas as mulheres que encontravam fim semelhante levando aquela vida, à mercê da

83

crueldade dos homens, mas pelo fato de que coisas assim não aconteciam ali, não daquele jeito, à vista dos olhos inocentes. Apolônia era conhecida pela paz providencial, abençoada pela santa de gesso que dava nome ao lugar, erguida na praça com seus olhos grandes e benevolentes. Pelo reconhecimento, então, de que eventos daquela natureza eram anomalia no santíssimo firmamento da cidade, melhor era esquecer-se daquilo, deixar que o furor fosse enterrado junto à cabeçorra de Amaranta, que não deixava pra trás nem pais nem filhos de que houvesse se dado notícia.

Houve velório, ao menos. Já lhe bastariam os sofrimentos no Purgatório, não é verdade? Lamentável era que velassem só a cabeça da pobrezinha; cabeça que depois de tirada do mangue tinha tão rápido se tornado esverdeada e fedida que o melhor era não perder tempo e deixar que os vermes fizessem seu trabalho antes que as varejeiras o fizessem. O resto do corpo não se sabia onde tinha ido parar: se virado lama debaixo do mangue ou se comido pelos siris e caranguejos-uçás, já que aqueles bichos comiam, sim, carne de gente morta, dizia seu Miguel Antônio. Suspeitavam que o velho tinha ficado ainda mais senil depois do episódio, pois se negava a pisar no mangue outra vez e andava de um lado pro outro balbuciando que por baixo daquela lama havia outras cabeças esperando para serem encontradas, outras cabeças ansiando por serem puxadas.

Enlouqueceu que nem a Ritinha, diziam, porque já era de praxe por ali dizer que aqueles que de uma hora pra outra perdiam as estribeiras do juízo tinham ficado que nem a Ritinha, endoidado que nem a Ritinha. Às vezes não era nem permitido murmurar sozinho, meu Deus, sem que uma testemunha inconveniente do ato logo perguntasse: agora está assim que nem a Ritinha?

A velha era sempre vista vagando feito alma penada pelos bares de beira de calçada, pela pracinha da igreja, pelas vielas e becos sujos: cada vez menor, cada vez mais magra. Sempre dentro de um vestido manchado sabe-se lá de quê, florzinhas arroxeadas desenhadas no tecido que um dia tinha sido branco, e o terço pesado tão apertado no pescoço: nunca o tirava. Quem parasse perto dela ouviria o Pai-Nosso repetido nos lábios, veria o susto petrificado nos olhos, sentiria o cheiro de colônia, urina e esquecimento emanando da pele murcha. Afastava-se entre tropeços quando qualquer um se aproximava. Os moleques de Apolônia não raro se punham a correr atrás dela. E ela, como podia, se colocava também a correr, a fugir, deixando para trás o som cruel e esganiçado das gargalhadas.

Depois da morte de Amaranta parecia ter enlouquecido de vez, assim como o velho Miguel Antônio, mas a sua era loucura maior: apareceu no velório de Amaranta — ou da cabeça, melhor dito — toda vestida nuns panos pretos que ocultavam cada pedaço de sua pele, deixando de fora somente o rosto branco. Naquele calor que fazia na cidade todo santo dia, vestir-se daquele jeito devia mesmo ser atestado de loucura. Espantaram-se com a presença dela na cerimônia: era estranho ver Ritinha ali, tão voluntariamente se colocando entre a multidão, quando mais comum era vê-la arrastando-se assustada pelos cantos, caramuja.

Mais espantoso ainda foi o que se seguiu no velório quando o padre José Arnaldo, de dentro de suas batinas, terminou suas rezas à alma da falecida. Mal ele tinha terminado de falar, Ritinha lançou-se com fúria contra o homem; um ardor de ira nos olhos e uma força que ninguém podia adivinhar que ela tinha. Foram não só um, mas dois marmanjos, separar do padre a velha, que tão forte tinha cravado as unhas nele que arrancou-lhe a batina. Com a calça curta e a camiseta de algodão, não diriam que aquele era um homem reservado aos caprichos da Divina Providência.

Do fundo da garganta da velha veio um grito rasgado que não parecia vir de uma mulher sempre tão afeita aos silêncios e murmúrios. Demorou até que a acalmassem; até que o padre, visivelmente assustado, fosse ajudado por um grupo de senhorinhas espantadas com a audácia de Ritinha; até que, num empurrão, tirassem a velha dali, dizendo que melhor seria que ela voltasse pra casa antes que ligassem pro asilo, não ia querer isso, não é? Que voltasse pras sombras de onde tinha saído, pois havia escolhido um mau momento para sair delas, ocasião em que tentavam despachar em paz o espírito de Amaranta, pelo menos na morte honrá-la.

Ritinha silenciou, mas parecia inconformada. Arrumou os panos negros que tinham se soltado no ataque ao padre, apertou mais o terço em seu pescoço e lançou um olhar desolado, mas inquieto, ao caixão pequeno que devia ter sido feito pra comportar um corpo miúdo de criança, e não cabeça de gente. Fez ainda menção de que ia falar alguma coisa, a mão suspensa no ar.

Quando seu olhar buscou o padre mais uma vez, ele já não estava lá.

A casa de Ritinha há muito não tinha as paredes pintadas.

O tempo havia tratado de esgarçar cada cômodo e ela tinha se resignado: não temia o tempo. O tempo havia tratado também de esgarçar-lhe a pele, os olhos, o movimento dos dedos, a ordem dos pensamentos. Diante do espelho sujo, encarava o corpo murcho, nu, sob o luar que se insinuava no quarto. A única coisa que restava era o terço amarrado ao pescoço. Naquela noite, ao deitar na cama puída que nunca tinha abrigado qualquer outro corpo junto ao seu, permaneceu de olhos abertos, vidrados. Era a segunda noite que não os pregava; a segunda noite que não parava de rezar, uma palavra atropelando a outra, um Pai Nosso misturando-se a um Ave Maria até que já não soubesse a que santo clamava, a que espírito pedia proteção. Tinha medo de pegar no sono de repente e acordar com o som do trotar lá fora; o trotar que tinha ouvido desde que haviam anunciado a morte de Amaranta: o mesmo som que ouvira muitas vezes ali mesmo, em Apolônia, onde tinha passado a inteireza de sua vida.

Da primeira vez que ouviu, era ainda menina. Uma madrugada como aquela de hoje: virada de quinta pra sexta-feira. A diferença é que havia ainda Mãezinha sentada numa rede armada ao lado, aquela rede que quase encostava no chão e da qual a velha raramente saía. Nos seus últimos dias, balbuciava histórias do passado; Ritinha ouvia com certa aflição, pois os causos envolviam sempre maldições jogadas sobre a cidade de Apolônia ou sobre as mulheres da família: todas mortas. Contudo, pareceu à Ritinha que pela primeira vez Mãezinha havia tido um lampejo de lucidez ao escutar lá fora o som firme despedaçando o silêncio da madrugada. Antes que Ritinha perguntasse que era aquilo, meu Deus, a velha se adiantou: o barulho é como o das mulas correndo, mas os passos são fortes feito trotes por causa da fúria que sentem, minha filha, não porque sejam mesmo mulas; já sem cabeça realmente são, e fúria assim, minha filha, quando não se tem a cabeça pra pensar, é coisa que assusta até o senhor Nosso Deus. Ritinha quis olhar, Mãezinha impediu: era cena terrível, que a atormentaria pelo resto dos dias como atormentava ela. Restou à menina imaginar: um corpo desordenado, com braços e pernas agitando-se em dança furiosa, sem destino, ausente o pensamento da cabeça que guiasse, somente a ira restando ao corpo degolado.

— Elas se deitaram com o padre, não foi? Será que a gente conhece alguma? Sempre vi Judite se oferecendo pro padre José Arnaldo, Mãezinha, é capaz de ter virado mula...

— Isso lá é coisa pra menina da tua idade estar falando, Ritinha!

— As coitadas vão ficar assim vagando por toda a eternidade de Nosso Senhor, Mãezinha?

— Deus me livre se fosse assim! Só na virada de quinta pra sexta, menina! Aí depois encontram sabe lá que brenha pra descansar, no meio desses matos que só santa Apolônia sabe o que guardam! Esperam eternidade a fio o dia que suas cabeças voltem, esse dia que nunca chega, ai, as pobres coitadas! O que chega primeiro é a podridão dos seus corpos, os ossos roídos pelas formigas, tamanha a espera. Corpo sem cabeça não dura muito, Ritinha, vira logo parte da terra batida desse lugar. —, dito isso, afundou-se em rezas baixas que desejavam uma boa partida às mulheres degoladas.

À menina restou ouvir o trotar distanciando-se, como resquício de um sonho ruim. Depois daquela vez, vieram outras, mas Mãezinha já não estava ali. Ritinha continuou a fazer as rezas; rezas que, não tanto tempo depois, eram voltadas também a si: quando Mãezinha se foi, Ritinha caiu nas graças de Padre José Arnaldo, os olhos de um azulão espantado. Eram constantes suas visitas à pobre órfã, solitária na casa incrustada de passado, ainda o cheiro de Mãezinha nas paredes — espesso, caviloso. Forte. Padre José Arnaldo, tão bom homem era, todos os dias depois da missa levava à Ritinha agrados, rezas e, mais providencialmente, seus ouvidos, ouvidos que estavam mais próximos de Deus do que os de outros homens. Num dia daqueles, enquanto Ritinha rezava à alma da mãe apoiada em seus joelhos, lágrimas de agonia sobre suas coxas, José meteu-lhe na boca uma língua tépida, uma língua de fumo e canela, gosto que Ritinha nunca mais tinha parado de sentir. Não demorou para que espalhassem pela cidade a loucura da menina, como havia atracado-se ao padre tomada por um ímpeto demoníaco; e ela pelos cantos, amedrontada, envelhecendo dia após dia numa rapidez que era de se espantar — coisa de Deus não devia ser aquilo: como engelhava, como diminuía, e dera até de espalhar calúnias sobre José Arnaldo, as palavras entrecortadas, sobrepostas. Tanto inventava! Por ali sabiam que um homem como José, desde o berço conhecido da cidade, filho de Vera e do falecido padre Aurélio, reservado aos caprichos do Divino, jamais seria de coisa assim.

Ritinha se engasgava no próprio silêncio — coisa afiada o que restava de não dito. Gostaria de dizer como naquela noite, enquanto sentia o movimento ágil da língua de José dançando em sua boca, foi atormentada pela sensação de que sua cabeça balançava, pendulando frouxa sobre o pescoço; gostaria de contar como o que restou-lhe, num ímpeto, tão logo o homem tinha escapado porta afora, tinha sido amarrar com força o terço de Mãezinha no pescoço, a reza tremulando na boca. Prometeu que nunca o tiraria; compreendia que, no dia que tirasse o terço, seria sua a cabeça a rolar, seu o corpo que pelas ruas atravessaria desordenado, movido pela cólera que era a mesma das mulheres que — agora sabia — nunca tinham desejado um destino como aqueles, mas, mais certo era, aquele destino havia as encontrado na figura de José Arnaldo.

Quando Ritinha soube então que era de Amaranta a cabeça encontrada no mangue, compreendeu: que desgraça devia ter sido para a pobre coitada entregar o corpo aos anseios de padre José Arnaldo, sem imaginar que não demoraria até que sua cabeça caísse e, como a das outras mulheres degoladas pelo desejo daquele homem, fosse jogada no manguezal. Quantas cabeças ali não haveriam de ter apodrecido, meu Deus, devoradas pela fome dos siris; quantos corpos desordenados não haviam se metido na brenha dos matos atrás de suas cabeças sem nunca encontrá-las, as mulheres sem o juízo que lhes carregasse os atos? E para onde iam os corpos que, sem encontrarem suas cabeças, continuavam a vagar por aquelas beiradas? Para onde iam as mulheres descabeçadas, onde haviam de descansar seus corpos, em que abismos daqueles matos seus corpos escorregavam, esperando que a cabeça lhes retornasse? Mais certo era que padecessem, tão desenfreada a corrida sem rumo, até serem comidas pelos carcarás. *Corpo sem cabeça não dura muito, Ritinha.*

Diante do espelho, Ritinha compreendeu que não pregaria os olhos pelo resto das noites que lhe restavam enquanto continuasse a ouvir a violência do trotar. Amaranta, agora — mas qual seria a próxima? Um dia chegaria sua vez, quando não houvesse força que sustentasse o terço amarrado no pescoço já há tanto, o destino ominoso espreitando pelos cantos. Jurava que naquela noite sua cabeça balançava mais: um presságio? Restava a si levantar, dar outra volta no terço, apertar com mais força o colar até lhe saltarem as veias. Entrou na camisola suja; tão parecida com Mãezinha estava! Foi com determinação já há tanto gestada que Ritinha cruzou a porta e adentrou a madrugada: era como visagem com a camisola branca, a ventania da madrugada comprimindo-lhe o tecido fino contra a pele, a pressa nos passos. Era pouco o tempo que tinha até o amanhecer.

As mulheres da venda gritavam desde cedo. Era dia de feira; as ruas de Apolônia apinhavam-se com as senhoras e seus carrinhos, os papagaios repetindo a cantiga insistente, o sol que àquela hora queimava fino iluminando as costas dos jumentos. O cheiro das tilápias e dos camarões recém-pescados invadia o ar; os feirantes montavam suas barracas diante da igreja, que já abria suas portas para a missa da manhã. Estranho era não ver por ali ainda Ritinha que, àquela hora, já estaria caminhando entre os transeuntes com seu carrinho de feira, apalpando cada fruta demoradamente, abrindo as guelras dos peixes. Os dedos tesos.

Abertas as portas da igreja, o toque do sino costurava a teia densa de sons; o canto do galo despertou o dia que não dava prenúncio de qualquer evento atípico em Apolônia, esquecidos já os funestos acontecimentos que há pouco tinham assombrado aquele lugar. Na missa, ninguém ouviu quando Ritinha chegou num silêncio sorrateiro. Vinha carregando na mão uma sacola plástica, os pés levando a areia sagrada para dentro da igreja, as unhas pretas pela terra que desde o romper da madrugada cavava numa disciplina silenciosa, entre engasgos, mas força que nem o corpo que se envergava de exaustão poderia arrefecer. Ritinha ficou detida na porta um instante, os olhos fatigados presos no padre, este que terminava um Sinal da Cruz — pelo sinal da santa Cruz livrai-nos Deus Nosso Senhor dos nossos inimigos, a saliva espumando no canto dos lábios, o fervor de seus olhos erguidos ao alto. Quando baixou-os, foi de pronto que viu Ritinha parada, um fiapo de gente; continuou a orar, os olhos agora voltados aos que se estendiam diante de si.

A mulher caminhou lenta, um gemido de dor a cada passo, um ou outro morador olhando-a de rabo de olho. Não valia interromper o fervor de suas orações por Ritinha, pensavam, que mais uma vez andava por ali à revelia; era só Ritinha, a quem não valia dar atenção, Ritinha arrastando sua loucura pelos cantos, a sacola em mãos. Só quando o cheiro pútrido começou a saturar o ar e a velha parou diante do púlpito e sentou-se, num ofego de cansaço, é que todos começaram a se entreolhar em desconforto. A hesitação. Era mesmo necessário mais uma vez espantarem dali a pobre coitada, meu Deus, que naqueles dias muito andava sendo espantada de todo lugar que entrava, e tão cansada parecia, os olhos fundos, pés e mãos escuros, o cheiro que emanava toda a tristeza que devia ser existir naquela carne?

Cheiro que, logo perceberam — torcendo o nariz, semicerrando os olhos — era de uma podridão familiar, densa. O que restou a padre José Arnaldo, sob a expectativa dos fiéis, foi calar a oração e dar atenção àquela mulher, perguntar o que fazia ali, meu Deus, o que já queria, que hora ou outra iriam se cansar desses arroubos de loucura; hora ou outra, hora ou outra.

Ritinha, em resposta resignada, retirou da sacola a cabeça pútrida e esverdeada de Amaranta. As varejeiras ali pregadas espantaram-se zunindo em festa. Demorou um instante para que viesse o primeiro grito de horror dos fiéis. Padre José Arnaldo permaneceu num susto petrificado enquanto ao redor a multidão desembestava em agitação. Ritinha ergueu mais alto a cabeça da mulher, agarrando-a pelos cabelos que continuavam firmes, imensos, ao contrário dos olhos, já completamente comidos: dois buracos cavados na face. Agora não demoraria até que aquela terra tremesse não só com o trote de Amaranta, mas das mulheres degoladas que em manada viriam clamando a cabeça como sua.

DE COMO AS ÁGUAS SE ALEVANTARAM

Ele soltou a fumaça do cachimbo. As crianças o observavam com uns olhos grandes, ansiosos, pois sabiam que em breve teriam de voltar: não demoraria até que Liduína se desse conta de que não estavam na ribeira pescando, mas que, ao contrário, tinham levado mais uma vez a canoa até o outro lado da ilha só pra ouvir os causos do velho feiticeiro, como o chamavam por ali.

Por isso Zózimo, Alberta e Jacirema olhavam-no impacientemente, aguardando que iniciasse a história. Ele, ao contrário, nada tinha de pressa: o tempo o servia de outra maneira, como sempre havia sido. Mesmo assim Alberta, danada, não poupou-lhe da língua:

— Anda! Conta a história da mãe d'água!

Jacirema suspirou ao seu lado.

— De novo, Alberta? Essa a gente já ouviu da outra vez.

— É verdade — atalhou Zózimo, com sua vozinha fina, irritada. – Ele prometeu que hoje ia é contar a história de como as águas se alevantaram. Faz tempo que promete.

O velho virou-lhes aqueles olhos pretos e deu um risinho rouco, mostrando os poucos dentes que ainda sobravam na boca. Andou até a ponta da palafita e pousou as mãos na água como se acariciasse uma onça. Ao redor, tudo era aquele deserto negro. Mesmo o horizonte parecia não existir: diria-se que o mundo há muito havia desabado e tudo o que havia sobrado suspenso havia sido o Rio Negro e a casa sobre ele, que de tão velha poderia ser levada por um banzeirinho qualquer; ainda assim, persistia.

— Ai, se vocês vissem como tudo era antes! A terra, as casas, as plantas, os bichos. Tudo que por aqui havia antes da água se alevantar...

As crianças o escutavam atentamente. Ele deu um último tragado no cachimbo, puxou uma cadeira de balanço e olhou para um ponto distante, um lugar que nenhum deles via, para além do rio.

— Conta logo! — Insistiu Alberta.

— Tudo começou com Jandir: diziam que o menino havia nascido amaldiçoado. Isso porque, dias antes de nascer, a Matinta Pereira cantou sobre a casa de sua família. Por aquelas bandas, já era sabido: se a bruxa cantasse sobre o telhado, devia-se de logo prometer a ela algo de bom, uma cachacinha, um peixe fresco, ou então viria desgraça grande, danação dos diabos, sobre aqueles que negavam.

As crianças já estavam boquiabertas, concentradas.

— Mas a Matinta escolheu logo a casa de seu Zé, bicho ruim desde sempre! E ele foi logo dizendo: que cante até morrer, galinha velha, aqui ninguém te teme, aqui Deus nos protege! Cante, cante, galinha velha, que meto-lhe bala no peito! E aí uma hora a matinta se calou, pois ele não cedeu. Casca dura! Só que no outro dia, espia, no outro dia apareceu na ribeira uma velha que por lá nunca tinha andado, toda coberta, toda cheia de pano, escondendo mãos e pés, batendo na porta dele. Quando Zé abriu, ela foi logo querendo saber, sem cerimônia: tem coisa aqui pra mim? No que ele só riu feito demônio, a bocarra aberta faltando uns três dentes, e bateu a porta na cara dela.

A desgraça por essa teimosia veio dias depois, quando a coitada, pobrezinha da Cecília, filha dele, pariu! Não era ainda a hora, mas de repente ficou cheia de dores, a água descendo pelas pernas. Foi tanto grito que até hoje ouço! Grito de bicho agonizando, sabe? E Zé pálido, nem sabia o que fazer, era como estátua. Quem ainda ajudou foi Raoni, o menino mais novo, apavorado – criança naquele tempo! Horas depois, o bebê nasceu. Tremia, tão magrelo e miúdo, tinha uns olhos que juro pelos espíritos: parecia de gente já vivida!

Não sei como sobreviveu, nascendo assim tão antes da hora, e não pôde nem beber o leite da mãe! Ceci só teve tempo de olhar para o coitado e dizer: Jandir é o nome. Feito isso, virou pro lado e morreu, em cima da poça de sangue e água de ventre. O menino demorou a chorar e, assim que chorou, veio o canto da bruxa velha junto ao seu choro: parecia um som só. Logo se entendeu que a alma do menino era dela, não tinha jeito, e que Zé pagaria pela audácia. Um dia ela iria tomar aquela alma de vez.

Com o passar do tempo, não havia quem colocasse dúvida sobre a praga que havia atingido a família. Pelo contrário. Jandir desde pequeno já tremia: tinha em si uma danação que não é aquela que se conhece dos outros curumins, que danados são, mas não àquele ponto, como se o próprio demo se alçasse em seus ventres. Ele corria gritando pelo mato, atrepava-se nas árvores com uma facilidade que assustava; ficava empoleirado nos galhos dos jambeiros, ele mesmo pássaro.

Tinha gosto de assustar principalmente Valica e Sinara, as irmãs que haviam feito todos os partos do vilarejo. Valica jurava de pés juntos que havia visto a Matinta olhando pro rebento-Jandir, empoleirada do lado da casa, assim que ele fora cuspido da barriga. Sinara ria das crendices da irmã: dizia que o curumim era amaldiçoado sim, mas que a Matinta nada tinha a ver com isso, e sim o fato de que ele era fruto do pecado entre Ceci e seu Zé, pai e filha vivendo em mancebia, também pudera!

Quando via as velhas passando, o menino imitava o canto da Matinta: era como se a bruxa estivesse escondida em sua garganta. Elas se benziam e praguejavam, maldiziam o dia em que ele viera ao mundo.

Em casa, Jandir ajudava o avô e o irmão Raoni a tratarem os peixes para vendê-los, mas quase sempre era surrado por manusear a peixeira errado ou perder a hora com suas danadices no mato. Zé dizia que ele era ruim desde a barriga, que ao nascer havia agarrado as tripas da mãe e arrancado-as. Por ali já estavam acostumados a ouvir os berros de dor do menino quando levava cipoadas; e também os risos, pois quanto mais forte era o açoite, mais ele gargalhava esganiçado, tresloucado, inflamando a fúria do avô.

Imaginem, então, que as outras crianças não se animavam a serem próximas dele. Não que não tentassem, às vezes, mas logo cansavam-se daquela correria, do atrepar-se e desatrepar-se em árvores, dos nados no lado mais profundo e traiçoeiro do rio, das corridas desembestadas no meio da noite. Aí então diziam aquilo que ouviam: é mesmo filho da Matinta, tem o demo no couro.

Mas Jandir nunca havia se importado com a solidão. O mato, os bichos, os pássaros, a noite: tudo era vivo, mais presente que qualquer um que estivesse ao seu lado. Seguiria sozinho pelo resto da vida sem incomodar-se; guardava em si fúrias ancestrais, o movimento dos afluentes do rio... Mas mesmo os afluentes solitários, é sabido, um dia desembocam no leito e encontram outro que segue para a foz. Numa tarde, atrepado num jambeiro, Jandir viu se aproximar um garoto pequeno, negro como ele, com olhos brilhantes de graúna e uma baladeira na mão. O menino apontava exatamente em sua direção, ainda que não o visse. Jandir desviou-se do pedregulho a tempo, mirado num bem-te-vi que por pouco havia escapado.

Para espantar o menino, Jandir arrancou um jambo e arremessou nele: atingiu-o exatamente na testa. O grito de dor foi grande! O outro, a tempo de perceber-lhe no galho, arremessou uma pedra tirada às fúrias do chão. Jandir saltou, quase planando no ar, acostumado como era àquela trajetória. O outro lançou-se contra ele antes que pudesse correr. Bolaram no chão feito um corpo só, entre socos e arranhões, e só pararam depois de rolar abaixo por um desfiladeiro. Primeiro, assustaram-se, levantando-se de imediato, tentando entender como haviam ido parar na beira do rio; encararam-se arredios, ainda espantados, até começarem a rir, esquecidos da contenda.

Foi naquele instante que Jandir conheceu o menino a quem apelidou de Graúna, o seu primeiro e único amigo. Nunca havia o visto por ali, mas em pouco tempo de conversa descobriu que Graúna era filho de Raimunda Tomásia, lavadeira que morava numa das palafitas da ribeira. Gostava de caçar passarinhos e pescar tucunarés.

Naquela tarde, Jandir explicou-lhe sobre como não devia caçar pássaros, pois eles traziam dentro de si os espíritos dali: era arriscado que, se continuasse, os espíritos se irritassem e decidissem desgraçá-lo. Graúna não acreditava nisso. Ria do que Jandir falava. Mas o outro insistia: sabia daquilo pois sempre era visitado pelo espírito da Matinta. Contava que toda madrugada a via abrindo sua janela, encarando-o com dois olhos amarelos e iluminados feito os faróis das voadeiras, com as garras para fora. A sorte é que ela nada fazia, senão passar, sempre passar, até transformar-se em pássaro e sumir no breu do céu.

Começaram a encontrar-se todos os dias naquele mesmo lugar.

Virou costume: Jandir contava muitas histórias para Graúna, que, fascinado, escutava o amigo. Havia paixão e verdade nas palavras dele. Jandir contava que às vezes ouvia o rio murmurando, apesar de nunca entender exatamente o que dizia: eram palavras soltas, vindas do leito mais profundo, segredos de todos os que um dia haviam entrado naquela água. Confessava que, além disso, sabia fazer as plantas crescerem mais rápido: era só acariciar a terra da maneira certa, murmurar palavras bonitas que trouxessem a chuva. Graúna, por outro lado, não tinha muito a dizer; sua vida era ajudar a mãe, vender os peixes, pisar em caroços de açaí, catar frutas, estar ali.

Assim ia desenrolando-se o novelo daquela relação, com doçura de ingá, esparramando-se até criar raízes na beira do rio. Jandir, nas horas em que não estava com Graúna, via-se relembrando a maneira como o menino ria e o escutava atentamente – embebia-se de suas palavras como nenhum outro havia feito antes. Via-se sentindo falta dos momentos em que nadavam sem roupa no rio, feito peixes; aquele rio que passou a ser para eles como o ventre de uma mãe, gestando a preciosa paixão. E Graúna, mesmo sendo de muitos amigos, sentia que com Jandir era coisa diferente, ainda que não soubesse por quê. Gostava de encostar-se na pele dele, sentir a carne roçar-se à sua em calor suave, reconfortante.

Raoni e Zé era que começavam a estranhar as demoras de Jandir, o jeito com que o menino mergulhava em longos silêncios, sem retorno, como se o corpo cá estivesse, mas a alma vagasse por territórios misteriosos. "Acorda, menino!" Reclamava Raoni, estapeando-lhe a cabeça. Jandir, que noutras horas se esforçaria para inflamá-lo ainda mais, apenas assentia em silêncio, voltando a fazer o que quer que estivesse fazendo. A memória dos instantes com Graúna vibravam em sua mente e mais bonitas pareciam quando revisitadas. Ali encontrava a calma.

Não tardou, é claro, para que começassem os burburinhos sobre os dois: para lá e para cá, para cá e para lá. Falavam pois tratava-se de Jandir: logo ele, que sempre havia sido errante, bicho furioso e arredio, amaldiçoado, agora havia encontrado um amigo, e os dois sumiam, sozinhos, fugiam dos outros meninos, habitavam um universo que era só deles. A conversa não demorou a chegar a Zé e Raoni, que, como era de se esperar, não gostaram nada daquilo. Raoni, a pedido do avô, foi incisivo: Jandir não andaria mais com o outro curumim, o de Raimunda Tomásia, que dois curumins grudados daquele jeito, feito cunhantãs, fazia os outros pensarem coisa errada.

Jandir, que noutros momentos se entregaria a um acesso de fúria, somente assentiu. Jamais obedeceria àquilo, é claro, mas os encontros passaram a ser discretos, cautelosos. Ainda que não entendesse o que podia haver de errado, temia perder os instantes que haviam se tornado tão caros a si.

Ia a modo de onça até a ribeira onde pela primeira vez haviam se encontrado, e lá via Graúna, sentado com os pés mergulhados no rio, como se desde a última vez não houvesse saído dali. Depois de um tempo, Graúna também passou a falar: trazia uns livros que tinha em casa, presentes de um tio da capital, e contava a Jandir as histórias que ali encontrava: tramas de universos maravilhosos, com feiticeiros, magias, coisas nas quais Jandir acreditava veementemente, apesar de ainda não entender as palavras no papel.

Contavam-se histórias, enfim, e assim ia tecendo-se o universo delicado onde somente os dois existiam; onde podiam entrar e sair quando quisessem. Num desses dias, não perceberam que o tempo havia corrido solto, que o céu já escurecia e se confundia ao rio. Nesse dia, mais do que nunca, Jandir desejou não voltar à casa, bem como Graúna. Estavam próximos o suficiente para sentir os hálitos se misturarem, debruçados sobre um livro puído, amarelado, do qual Jandir já desvendava uma ou outra palavra que Graúna o ensinava. A história era sobre amor: um casal apaixonado, uma bruxa que impedia a paixão de ser consumada; beijavam-se sob a luz do luar. Iam os dois descosturando cada palavra, tecendo cada sentido, até formar a imagem daquele beijo.

Havia sido com tanta naturalidade quanto a entonação das palavras, o encostar dos pés deitados, o atrito suave entre os braços, que se encararam por um instante. Graúna jurou escutar o murmúrio do rio trazido pelo vento. Jandir sorriu, como se soubesse que ele escutava, e olhou para seus lábios que tremiam, que entreabriam-se, sem que percebesse. Os lábios os guiaram, os murmúrios os conduziram, o vento os enlaçou prendendo-os num encanto enquanto as bocas se entrechocavam e ferviam, desajeitadas sob a dança do desejo.

Pareceu ter durado muito; pareceu ter sido breve. Difícil seria saber por quanto tempo ali ficariam, não fosse a força bruta desabando entre os dois, desfazendo os murmúrios, retorcendo o vento, espantando as cigarras, rasgando o tecido do escuro que os circundava. Raoni puxou Jandir pelo braço; gritou palavras de fúria, que naquele instante nenhum dos dois conseguiu entender, inebriados e surpresos. Graúna ainda tentou correr para alcançar o menino, mas ele havia sumido, como se arrastado por visagem para dentro das sombras da noite. Os dias que se seguiram foram de silêncio. Graúna não dormiu noite alguma.

No dia seguinte, voltou à ribeira, mesmo que soubesse que já não encontraria Jandir. Decidiu buscá-lo na vila, percorreu cada casa até encontrar a peixaria de seu Zé, a qual observava de longe para não ser visto. Por horas assistia, esperando que a qualquer instante Jandir aparecesse, mas quando não estava Zé, vinha Raoni: nunca o menino. Quis achar maneira de chamá-lo, mas hesitava, temia. Lembrava-se de Raoni surgindo feito sombra fria, monstruoso, puxando Jandir de seu braço, cortando ao meio os lábios grudados.

Assim Graúna ia passando, aguardando vestígios do outro, esperando que a qualquer instante, de alguma daquelas varandas, alguém falasse o nome dele, se desse conta de seu sumiço. Já não conseguia colocar os olhos nas linhas dos livros sem lembrar-se dele; nada fazia sem que a memória dos encontros o assaltasse, principalmente daquele último, que quanto mais os dias passavam, mais duvidava ter acontecido, mais tornava-se incerto. Deixava-se ir, ainda, à ribeira que havia acolhido os dois, como se ali pudesse encontrá-lo, descobrir que havia conseguido escapar. Ficava em silêncio para tentar escutar o rio, para que o rio lhe revelasse a resposta de seus anseios, mas ouvia somente o silvo insistente das cigarras.

Não sabia o que faria se aquela agonia se estendesse por mais tempo; talvez, em sua fúria juvenil, aparecesse à porta de Zé e Raoni com a baladeira em mãos: apedrejaria-os, ameaçaria-os; cruzaria aquela porta e puxaria Jandir do cômodo úmido e escuro em que estava preso; fugiriam os dois para longe, guiados pela voz do rio, pela voz do vento.

Mas a revelação veio antes que isso se tornasse necessário.

Numa daquelas noites em que por fim havia conseguido mergulhar num sono delicado, quebradiço, despertou com leves batidas em sua janela. Lá fora era madrugada alta; dona Raimunda dormia na rede pendurada ao lado da cama. Levantou-se sem fazer barulho e esperou. As batidas vieram mais uma vez: não eram sobras de sonho.

Abriu a janela cautelosamente e ali o viu: Jandir reluzia seminu sob a luz agourenta da lua; aquele luzido que não era de sua pele escura, mas do sangue que escorria, ainda vivo, sobre seu peito, entre as mãos, pontilhando o rosto. Aquele sangue que não era seu. Graúna julgou que nos olhos dele havia um brilho estranho, amarelado, como se duas lanternas estivessem acesas por trás de suas pupilas.

— Não tenha medo, Graúna, agora estou livre —, e abriu um sorriso. Graúna, por fim, sentiu reconhecê-lo. Estendeu os braços até os seus e abraçou-o pelo parapeito. Ao afastarem-se, antes que fizesse menção de perguntar o que havia acontecido, Jandir levou um dedo em riste aos lábios. Olhou para os lados, ainda sorrindo. Ouviram o som de folhas secas sendo esmagadas, os passos se aproximando apressados. Bastou Graúna seguir esse olhar para que Jandir sumisse como se suspenso no ar.

No mesmo instante, surgiu Zé. Graúna esgueirou-se para dentro mais uma vez. O velho tinha uns olhos vermelhos, marejados, cheios de fúria. Em uma das mãos empunhava uma peixeira ensanguentada. Ali parou, furioso, e soltou um grito que atravessou o silêncio daquela mata, um grito que era inumano, transbordando em dor. Continuou a correr.

Graúna saltou a janela e pôs-se a seguir o velho. Buscava Jandir com olhos de urutau: precisava encontrá-lo primeiro. Assim ia seguindo o rastro de Zé, bicho entre bichos, até que por fim estancou. Haviam chegado à beira do rio; a ribeira que era só deles. Lá estava Jandir sentado, os pés mergulhados na água, imerso em tranquilidade. Quando ouviu Zé se aproximar, não procurou fugir: simplesmente virou-se e olhou-o com aquelas pupilas que pareciam cintilar mais ainda, feito dois sóis. Graúna escondeu-se por trás da árvore e assistiu a tudo o que em rapidez confusa se desenrolou.

Zé largou a peixeira e atingiu o neto com um golpe das próprias mãos. Debruçou-se sobre ele, desferindo soco após soco, e entre os socos deixando escapar um gemido preso na garganta, um princípio de choro que não deixava sair, mas que via-se em seus olhos de fúria. Jandir não se defendia; Jandir não soltava som algum: mais parecia deixar-se ser atingido, mesmo que aos poucos o sangue alheio que tingia seu corpo fosse se confundindo ao próprio sangue. Olhou em direção a Graúna, como se o visse escondido. Abriu um meio sorriso antes que seu rosto se tornasse aquela massa vermelha, sem forma, de carnes abertas.

Zé parou banhado em sangue. Foi com rapidez que carregou o corpo do menino até a água, que alcançou-lhe o pescoço. Ali deixou que ele fosse sorvido pela garganta escura do rio. Quando percebeu que o velho havia partido, Graúna correu até as águas e encarou a escuridão indefinida. Ao longe, escutou o canto agourento da Matinta erguendo-se sobre a noite, invadindo cada espaço como se viesse de todos os lugares. Lembrou-se das últimas palavras que Jandir havia lhe dito.

Espantou o choro que vinha e sorriu. O canto persistiu mesmo depois de Graúna ir embora.

Por ali, nos dias que se seguiram, falou-se sobre como Jandir havia enlouquecido e matado o próprio irmão, fugindo ensandecido de casa no meio da noite e, logo depois, arremessando-se no fundo do rio. Pobre Zé!, era o que falavam, perdeu toda a família. Alguns diziam que o menino havia sido possuído pelo espírito maligno da bruxa velha, que viera por fim clamar a alma que lhe pertencia; outros juravam, ainda, que na noite passada haviam escutado seu canto insistente varando a noite, e por isso decidiram partir: acreditavam estar amaldiçoados todos os que ali viviam. Graúna esperou, com o peito tomado de tranquilidade.

Não havia demorado para que, sem tempestade, sem chuva, as águas começassem a se alevantar. Haviam começado lentas, traiçoeiras, sem que se apercebessem delas, até de um dia para o outro terem alevantado-se ao ponto de alcançar as raízes das plantas.

Quanto mais passavam os dias, mais se erguia a água, até que, numa madrugada, alevantou-se em fúria silenciosa, invadindo as palafitas e rompendo seus chãos, alagando a terra onde antes se cultivava, arrastando consigo toras, plantas, até que obrigasse mesmo o mais velho habitante do lugar a sair. Desafortunados haviam sido aqueles engolidos pela água no meio da noite; seu Zé havia sido um: contavam que, enquanto dormia, a água havia o enlaçado feito sucuri, esmagando seus ossos.

Foi questão de dias até que aquela terra toda fosse inundada e nada mais sobrasse, exceto uma casa.

Graúna alegrou-se por isso, mas ainda sentia falta de Jandir. Sabia que ele estava ali. Todas as madrugadas se esgueirava pela janela, esperando escutar o canto da Matinta, e às vezes mesmo arriscava gritar o nome de seu amor, o primeiro e único – mas por todo aquele tempo ela não cantou. Ainda assim, o menino continuou a esperar, todos os dias, ano após ano, pelo momento em que Jandir viria lhe buscar, em que ouviria aquele canto mais uma vez e saberia que era a sua vez de ir.

Zózimo, Alberta e Jacirema o olhavam com as bocas entreabertas. Lá fora escurecia. Ele acendeu o cachimbo mais uma vez, olhando para o horizonte desfeito. Aquela havia sido a primeira vez que nenhuma das crianças havia perguntado qualquer coisa sobre a história; entreolharam--se abismados, como se houvessem acabado de escutar algo profético, precioso o bastante para ser resguardado no silêncio.

— É hora de vocês irem ou Lidu já, já aparece aqui.

— É verdade. — Disse Jacirema, levantando com pressa e puxando Zózimo e Alberta.

Foram-se as crianças, saltando com pressa na canoa e riscando a calmaria do rio, para longe.

Deitou-se na rede. Os olhos cerraram-se, cansados. No dia seguinte, iria pescar os peixes que sempre lhe eram abundantes; iria até a ribeira atrás de ingás, que sempre pareciam crescer mais fartos, mais doces, sob suas mãos. Ao longe, julgou escutar um canto delicado, agourento; junto a ele vieram os murmúrios das águas. Sorriu. E, como todos os dias, esperou.

SEREIA DE MÁRMORE E NÉVOA

À vovó.

Dentro do caixão, dona Alberta parecia menor. Caio, o caçula de Cristina, se debruçou sobre o corpo com curiosidade. Menino, pela fé, sai daí! A mãe, ao longe, gritava. Uns algodõezinhos tampavam o nariz e os ouvidos da falecida. Ela, que já era pálida em vida, na morte ficou tão branca que Cristina, num susto, dissera: parece que foi feita de mármore. Caio achou isso bonito. Além do mais, vestiram-na com aquele vestido branco, de renda e comprido, que nos últimos dias de vida se recusava a tirar. Calçava umas sapatilhas amarelas. Tinha ares de santa, os cabelos acobreados. O menino lembrava-se de como ela dizia, séria, que nunca ia morrer. Vou virar pedra, meu filho. Agora estava tão dura que ele quase acreditava.

Mas essa era apenas uma das histórias que a bisavó vivia contando; também contava sobre o fogo fátuo, a mãe d'água, a caipora, o boto que virava homem, a Matinta Pereira — vira cada um deles com aqueles olhos que a terra haveria de comer. Cristina dizia ao filho que ele não desse atenção e não se impressionasse, que a velha gostava mesmo de inventar coisa e já andava caducando. Mas Caio a escutava com uns olhos brilhantes, assustando-se e fascinando-se, desejando ele mesmo ter visto tudo aquilo. No íntimo, sabia que era verdade.

Os peixinhos, Caio, tu tinha que ver, meu filho! Um bando de tucunarés trazendo a mãe d'água pra beira. Pouco antes de morrer, bisa Alberta repetia sempre aquela mesma história, com os olhos perdidos no tempo. Ele fingia que estava escutando pela primeira vez. E eu, escondida por trás de um arbusto, vi tudo. Os peixes levaram a sereia pra cima de uma pedra, e ela ficou lá penteando uns cabelos longos, tão lindos. Tinha a pele escura, os olhos pretos, uma cauda esverdeada que se confundia com o rio. Fiquei caladinha, com medo de que ela me visse. Era tão linda, Cainho!

Ele sempre foi o bisneto favorito, talvez porque fosse filho de Cristina, a única que havia restado para cuidar de d. Alberta quando as doenças chegaram, apesar dos oito filhos, doze netos e cinco bisnetos. Naquele dia, na casa de dona Jacirema — irmã da falecida — estavam somente quatro desses filhos, uma dessas netas, um desses bisnetos. E era o suficiente para que o espaço ficasse apertado.

Alguns reclamavam do calor; outros, dos carapanãs. Vamos logo andar com isso, diziam. Já haviam terminado as orações, feito os Pai-Nossos, chorado os choros, desejado uma boa passagem à alma de Alberta, que Deus a tenha. Mesmo a estátua da santa, colocada à frente do ataúde, por trás de uma foto pouco nítida da morta, parecia estar afobada de calor. Uma Maria impaciente em sua divindade.

Ouvia-se ainda alguns murmúrios de reclamação, principalmente da esposa de Paulo, o filho do meio, que desde o início achou absurda a ideia de irem até ali só para enterrar a sogra. E deixava isso bem claro. Os outros filhos concordavam, mesmo que não expressassem o descontentamento tão explicitamente.

Parecia-lhes desnecessário todo aquele trabalho, toda aquela demora. Para chegar a Jacirema, a duração havia sido de uma viagem de carro e outra de balsa — tudo isso com a falecida no meio.

Se não fosse por Cristina, não estariam ali. Ela insistiu. Tinham que cumprir o último desejo da avó. Queria ser enterrada onde havia nascido, com todos os filhos, netos e bisnetos presentes — uma parte do desejo não seria cumprida, então que ao menos a outra fosse. Nos seus últimos dias, antes da doença consumi-la por inteiro, repetia: quero ser enterrada lá onde nasci, ou minha alma não vai descansar em paz. Cristina irritava-se e dizia, ainda que não acreditasse nas próprias palavras: para de besteira, tu ainda tem muito o que viver, velhota!

Alberta só ria.

A primeira a saber da morte foi Jacirema, antes mesmo que lhe avisassem. Soube quando acordou naquela manhã com gosto de chuva na boca e viu uma neblina fina invadir o rio, insinuar-se entre as árvores, invadir os cômodos da casa. Por ali só neblinava por um motivo. Poucos instantes depois, Cristina ligou.

Avisou que iriam até aquela ilha para enterrar a avó no lugar onde tinha nascido, mas primeiro a velariam na irmã. O casebre em que Alberta nascera há noventa e cinco anos, já tomado de mato e memória, na outra margem da ilha, não era lugar de se fazer velório. Só se chegava lá de canoa ou voadeira. E a voadeira já esperava ao lado da ponte no rio. Vinha a parte difícil: carregar o caixão até lá. Quando o velório terminou, reuniram-se os homens e as mulheres ao redor, segurando-o pela base, e, numa contagem de três, levantaram-no.

A morta balançou-se um pouquinho lá dentro.

— Cuidado, pelo amor de Deus! — gritou Ana, a filha mais velha, que junto ao marido segurava a extremidade esquerda. Era uma das que havia se oposto a cumprir aquele último e inconveniente pedido da mãe, mas a culpa cristã havia sido maior. Suava copiosamente e trazia um lencinho estendido no braço.

— Caio, sai daí! — gritou Cristina ao ver o filho se intrometendo entre os adultos para segurar o caixão. — Não vai ajudar em nada, só atrapalhar!

O menino, então, contentou-se em seguir o grupo que levava a bisavó. Ia atrás, pulando, saltitando, curioso. Via como os tios e tias suavam, gemiam e praguejavam. Parece que depois que a gente morre pesa mais, falou o tio Fernando. Se a gente tivesse enterrado ela no cemitério da cidade, não precisaria estar passando por isso, atalhou Ana, lançando um olhar rápido para Cristina. O caixão ia balançando; a voadeira, mergulhada na névoa, parecia uma embarcação fantasma. Ao verem aquela romaria trazendo o caixão, os pilotos correram pra ajudar.

Caio notou que o nevoeiro crescia, escorrendo grosso pela água do rio e chegando à margem, envolvendo-lhes como mãe que afaga. Segurou o braço de Cristina, espantado. Será que vai chover, mãe?

Já subiam as escadas da ponte com o caixão. Cuidado, gente, aqui tem que ter cuidado que é subida! Vamos lá, devagar, por favor! O caixão pendia; lá de dentro, veio um som breve, surdo, da morta sendo inclinada. Enfim estavam na ponte. Suavam, reclamavam e logo depois silenciavam, sentindo-se culpados; afinal, depois daquele dia, o máximo que teriam de fazer era uma oração à alma da falecida mãe.

Fernando, na pressa de chegar à voadeira, tropeçou nos próprios pés. Foi o suficiente para que, na outra extremidade, Paulo se desequilibrasse. Ana e o outro irmão, sozinhos, não tiveram forças suficientes para segurar a base. O caixão tombou e, numa suavidade quase silenciosa, escorregou para dentro do rio que os circundava.

A gritaria foi grande. Levaram as mãos às cabeças, em desespero, enquanto o caixão afundava. Vai, anda, alguém pula, segura! Caio correu até a ponte e, de cócoras, debruçou-se sobre o rio. Encarou fascinado o caixão abrir e dele deslizar o cadáver pálido, emergindo e boiando de bruços.

O vestido espalhou-se nas águas negras, transformando-se numa longa e delicada cauda; os braços brancos estenderam-se entre florzinhas e algodões, preparados para nadar; os cabelos esparramaram-se formando uma coroa. O menino nem deu atenção à gritaria, aos tios que pulavam no rio, desesperados, à mãe que gritava seu nome, irada. Ali permaneceu, parado na beira, assistindo à sereia de mármore e névoa estender-se, aguardando os peixes que a levariam à margem de lá.

CARA LEITORA, CARO LEITOR

A **Cachalote** é o selo de literatura brasileira do grupo **Aboio**.

Lemos, selecionamos e editamos com muito cuidado e carinho cada um dos livros do nosso catálogo, buscando respeitar e favorecer o trabalho dos autores, de um lado, e entregar a vocês, leitores, uma experiência literária instigante.

Nada disso, portanto, faria sentido sem a confiança que os leitores depositam no nosso trabalho. E é por isso que convidamos vocês a fazerem cada vez mais parte do nosso oceano!

Todas as apoiadoras e apoiadores das pré-vendas da **Cachalote**:

> — têm o nome impresso nos agradecimentos dos livros;
> — recebem 10% de desconto para a próxima compra de qualquer título do grupo Aboio.

Conheçam nossos livros pelo site **aboio.com.br** e siga nossos perfis nas redes sociais. Teremos prazer em dividir com vocês todos nossos projetos e novidades e, é claro, ouvir suas impressões para sempre aprendermos como melhorar!

Embarque e nade com a gente.

Cada livro é um mergulho que precisa emergir.

APOIADORAS E APOIADORES

Agradecemos às 162 pessoas que apoiaram nossa pré-venda e confiaram no trabalho feito pela equipe da **Cachalote**. Sem vocês, este livro não seria o mesmo.

A todos os que escolheram mergulhar com a gente em busca de vozes diversas da literatura brasileira contemporânea, nosso abraço. E um convite: continuem acompanhando a **Cachalote** e conheçam nosso catálogo!

Adriana Ribeiro Nogueira Bastos, Adriane Figueira Batista, Alan Ladislau Cavalcante, Alexander Hochiminh, Allan Gomes de Lorena, Ana Angélica Lima Gondim, Ana Paula Claudino Santos, Andervan Castro Moreira, André Balbo, André Costa Lucena, André Pimenta Mota, Andreas Chamorro, Andressa Anderson, Anna Luiza Guimarães Barbosa, Anthony Almeida, Antonio Pokrywiecki, Arthur Lungov, Bianca Monteiro Garcia, Bruna Araujo Brandão, Bruna Oliveira Gonçalves, Caco Ishak, Caio Balaio, Caio Girão, Calebe Guerra, Camilo Gomide, Carla Guerson, Cecília Garcia, Cecilia Pereira, Cintia Brasileiro, Cintia Vieira Saboia, Claudine Delgado, Cleber da Silva Luz, Cristina Machado, Daniel A. Dourado, Daniel Dago, Daniel Dourado, Daniel Furtado de Lima, Daniel Giotti, Daniel Guinezi, Daniel Leite, Daniel Longhi, Daniela Rosolen, Danilo Brandao, Denise Lucena Cavalcante, Dheyne de Souza, Diogo Mizael, Domingos Brum Neto, Eduardo Henrique

Valmobida, Eduardo Rosal, Eduardo Valmobida, Elton Almeida Angelo, Enzo Vignone, Fábio Franco, Fábison Victor da Silva Batista, Febraro de Oliveira, Fernanda Picanço Padilha, Fernando Alexandre de Oliveira Maia, Fernando Gleibe de Oliveira Junior, Flávia Braz, Flávio Ilha, Francesca Cricelli, Frederico da C. V. de Souza, Gabo dos livros, Gabriel Cruz Lima, Gabriel Stroka Ceballos, Gabriela Machado Scafuri, Gael Rodrigues, Giselle Bohn, Guilherme Belopede, Guilherme da Silva Braga, Gustavo Bechtold, Henrique Emanuel, Henrique Lederman Barreto, Ivana Fontes, Jadson Rocha, Jailton Moreira, Jefferson Dias, Jessica Ziegler de Andrade, Jheferson Neves, João Luís Nogueira, João Victor da Silva, José Dércio Braúna, Josinea Carneiro da Silva Bastos, Júlia Gamarano, Júlia Vita, Juliana Costa Cunha, Juliana Slatiner, Júlio César Bernardes Santos, Laís Araruna de Aquino, Laura Redfern Navarro, Leitor Albino, Leonardo Pinto Silva, Leonardo Zeine, Lili Buarque, Lilyanne Leitão Soares, Lolita Beretta, Lorenzo Cavalcante, Lourreny do Nascimento Sousa, Lucas Ferreira, Lucas Lazzaretti, Lucas Verzola, Luciano Cavalcante Filho, Luciano Dutra, Luis Felipe Abreu, Luis Guilherme Pereira, Luísa Machado, Luiz Fernando Cardoso, Luziana Silva de Amorim, Maíra Barbosa Ferreira da Silva, Manoela Machado Scafuri, Marcela Roldão, Marcelo Conde, Marco Bardelli, Marcos Vinícius Almeida, Marcos Vitor Prado de Góes, Maria F. V. de Almeida, Maria Inez Porto Queiroz, Maria Manuela Cavalcante da Silva, Mariana Donner, Mariana Figueiredo Pereira, Marília Alves de Mendonça, Marina Lourenço, Mateus Magalhães, Mateus Torres Penedo Naves, Matheus Picanço Nunes, Mauro Paz, Mikael Rizzon, Milena

Martins Moura, Natalia Timerman, Natália Zuccala, Natan Schäfer, Natanielle Silva, Otto Leopoldo Winck, Paola Victoria Baggio, Patricia de Oliveira Barbosa, Paula Maria, Paulo César de Brito Teles Júnior, Paulo Scott, Pedro Antonio Martins de Siqueira, Pedro Torreão, Pietro A. G. Portugal, Rafael Mussolini Silvestre, Raquel Freitas de Almeida, Raquel Procópio de Sousa, Raul Vasconcelos Rodrigues, Rayane Nogueira Paz, Ricardo Kaate Lima, Rodrigo Barreto de Menezes, Samara Belchior da Silva, Sergio Mello, Sérgio Porto, Thaís Campolina Martins, Thais Fernanda de Lorena, Thassio Gonçalves Ferreira, Thayná Facó, Tiago Moralles, Úrsula Antunes, Valdir Marte, Wanne Aruba Serafim, Wesley Lucas Batista da Silva, Weslley Silva Ferreira, Yvonne Miller.

PUBLISHER Leopoldo Cavalcante

EDITOR-CHEFE André Balbo

REVISÃO Camilo Gomide

ASSISTÊNCIA EDITORIAL Nelson Nepomuceno

DIREÇÃO DE ARTE Luísa Machado

COMUNICAÇÃO Thayná Facó

COMERCIAL Marcela Roldão

CAPA E PROJETO GRÁFICO Leopoldo Cavalcante

© da edição Cachalote, 2024
© do texto Matheus Picanço Nunes, 2024

Todos os direitos reservados. Nenhuma parte desta obra pode ser reproduzida, arquivada ou transmitida de nenhuma forma ou por nenhum meio sem a permissão expressa e por escrito da Aboio.

Grafia atualizada segundo o Acordo Ortográfico da Língua Portuguesa de 1990, que entrou em vigor no Brasil em 2009.

Dados Internacionais de Catalogação na Publicação (CIP)
Eliane de Freitas Leite — Bibliotecária — CRB-8/8415

Nunes, Matheus Picanço
 Sereia de mármore e névoa / Matheus Picanço Nunes
-- São Paulo : Cachalote, 2024.

 ISBN 978-65-982871-8-4

 1. Conto brasileiro I. Título

23-177610   CDD-839.823

Índices para catálogo sistemático:
1. Conto

[2024]

Todos os direitos desta edição reservados à:
ABOIO EDITORA LTDA
São Paulo — SP
(11) 91580-3133
www.aboio.com.br
instagram.com/aboioeditora/
facebook.com/aboioeditora/

[Primeira edição, outubro de 2024]

Esta obra foi composta em Adobe Caslon Pro.
O miolo está no papel Pólen® Natural 80g/m².
A tiragem desta edição foi de 300 exemplares.
Impressão pelas Gráficas Loyola (SP/SP)

A marca FSC® é a garantia de que a madeira utilizada na fabricação do papel deste livro provém de florestas que foram gerenciadas de maneira ambientalmente correta, socialmente justa e economicamente viável, além de outras fontes de origem controlada.